Michael Hopp

Lübbings Herbstkirmes

...

„Ja, Lübbing", meldete er sich mit einer Reibeisenstimme.

„Kaiser hier. Wir könnten deine Hilfe gebrauchen."

„Meine Hilfe, wieso?"

„Hier findet gleich eine Gegenüberstellung statt. Mit Valeria Bauer. Sie und Alexander Weber möchten gern, dass du dabei bist. Oder Schlattmann, der liegt aber mit einer Grippe flach." Kaiser fuhr etwas amüsiert fort: „Sind anscheinend etwas ängstlich, die jungen Leute, und meinen wohl, nur ihr beide könntet sie beschützen."

„Und worum geht es?" Lübbing begriff immer noch nicht.

„Valeria Bauer hat gestern den Mann wiedererkannt, mit dem Oxana in den Buchenbrink gegangen ist. Und wir haben ihn heute Morgen vorläufig festgenommen." Der Triumph in Kaisers Stimme war nicht zu überhören.

Jetzt war Lübbing wie elektrisiert: „Ist sie sich sicher?"...

Der Autor

Michael Hopp, Jahrgang 1955, geboren vor den Toren Osnabrücks, absolvierte zunächst eine Ausbildung als Verlagskaufmann und arbeitete danach fast zwei Jahrzehnte in der Musikbranche. Eine Tätigkeit, die ihn quer durch Deutschland führte. Seit einigen Jahren wieder in seiner Heimatstadt ansässig, ist der Musik-, Literatur- und Fußballfan mittlerweile zum bekennenden „Provinzler" geworden. Lübbings Herbstkirmes ist der erste Kriminalroman einer bisher dreibändigen Buchreihe um den Journalisten Lübbing.

Inzwischen sind Hopps Kriminalromane weit über Osnabrück hinaus bekannt. Und mit seinen Lesungen „Blues meets crime" füllt der Autor Michael Hopp zusammen mit den Musikern Mike Titre und Toni Schreiber regelmäßig große Säle.

Michael Hopp

Lübbings Herbstkirmes

Kriminalroman

Prolibris Verlag

Handlung und Figuren sind frei erfunden. Darum sind eventuelle Über-
einstimmungen mit lebenden oder verstorbenen Personen zufällig und
nicht beabsichtigt. Nicht erfunden sind Institutionen, Straßen und
Schauplätze in Osnabrück und Umgebung.

Überarbeitete Neuauflage 2007
Die Originalausgabe erschien 2005.

© Prolibris Verlag Rolf Wagner, Kassel
Tel.: 0561/766 449 0, Fax: 0561/766 449 29

Lektorat: Anette Kleszcz-Wagner
Titelfoto: Marina Kuleschow
Druck: Fuldaer Verlagsanstalt
ISBN-13 : 978-3-935263-44-3

www.prolibris-verlag.de

Für Tamara Wischnakowa

1

Lübbing wachte früh auf. An einem Samstag? Er war nach dem gestrigen Konzert spät ins Bett gekommen und sein Hirn war noch von einem wohligen Rest Tequila eingehüllt. Warum zum Teufel war er um acht Uhr wach? Er blinzelte in Richtung Fenster. Hinter den Vorhängen ließ sich zwar ein schöner, sonniger Herbstmorgen erahnen, aber sein Schlafzimmer war noch in ein angenehmes Dämmerlicht gehüllt. Davon konnte er auch nicht geweckt worden sein. Er beschloss, die ganze Sache als morgendlichen Betriebsunfall abzutun und sich mindestens drei weitere Stunden voller süßer Träume zu gönnen. Suse könnte darin die Hauptperson spielen. Kurze, dunkle Haare und eine Figur, die man nur als perfekt bezeichnen konnte. Er hatte sie nun schon zum zweiten Mal bei einem Konzert getroffen. Wieder hatte sie hautenge Jeans und einen breiten Ledergürtel getragen, zwei Attribute, die er an Frauen besonders liebte. Sie wäre die Zierde einer jeden Line-Dance-Formation. Abgesehen davon hatte sie jeden Tequila mitgetrunken. Sie war wirklich die Krönung seines Abends im „Hyde-Park". Nostalgie pur! In dieser Osnabrücker Kultdisco hatte er die Sturm- und Drangjahre seiner Jugend verbracht, damals noch am alten Standort an der Rheiner Landstraße, der ihm sehr viel besser gefallen hatte als der am Fürstenauer Weg.

Dann drang er endlich in sein Bewusstsein, dieser Ton, der sich nicht zwischen Piepen und Summen entscheiden konnte. Er setzte sich im Bett auf. Das neue Handy. Wo? Er fand es auf dem Teppich vor dem Bett, halb verdeckt von einem Paar Socken.

„Lübbing", meldete er sich unfreundlich.

„Waldemar, das ist ja schön, dass man dich auch noch mal erreicht."

Seine Mutter!

„Ich wollte dich nur daran erinnern, dass du morgen zum Essen kommst."

„Ja, Mutti."

„Es gibt Hühnerfrikassee."

„Schön, Mutti."

„Und bring auch deine dreckige Wäsche mit."

„Ja, Mutti."

„Was ist denn, mein Junge, du bist so kurz angebunden, geht es dir nicht gut?"

„Mutti, ich war gestern auf einem Konzert, und es ist spät geworden, ich liege noch im Bett."

„Morgenstund hat Gold im Mund, mein Guter", flötete sie fröhlich. „Warst du wieder bei dieser Gruppe, mit der du auch in Spanien gewesen bist, diesen ewigen Rockern?"

„Lennerockers, Mutti. Die heißen Lennerockers! Das ist ein Fluss in Hohenlimburg, und die Jungs kommen aus dieser Stadt."

Er war kurz davor, laut zu werden.

„Ist schon gut, mein Lieber. Bis morgen. Bleibst du auch zum Kaffee?"

„Geht nicht, ich habe Rita versprochen, mit ihr über die Kirmes zu bummeln." Rita war sein Patenkind.

„Das ist brav, mein Lieber. Tschüss."

Na, wunderbar. Schöner Start in einen Samstag, der zum Relaxen angesagt war. Seine Mutter war der Meinung, solange er als einziges ihrer Kinder nicht verheiratet war, brauche er noch ihre besondere Fürsorge, mit der sie ihn nun schon seit 48 Jahren bedachte.

Jedenfalls war er nun hellwach, das hatte sie erreicht. Er zog die Vorhänge zurück, und ein Blick nach draußen offenbarte einen wunderschön-sonnigen Oktobermorgen. Das Zusammenspiel von Sonne, Wolken und Wind warf warme und lebhafte Schatten auf die Fassaden der Häuser an der Katharinenstraße. Der Tag musste genutzt werden, Osnabrück war oft genug ein tristes Regenloch. Zur Mittagszeit ein Gang über den Markt und anschließend ein gemütlicher Aufenthalt in einem Café waren gute Möglichkeiten.

Aber zunächst etwas für das Wohlbefinden. Nach einer ausgiebigen Dusche und zwei Aspirin setzte er sich mit einem Glas Orangensaft auf die Veranda, während aus dem Wohnzimmer der wunderbare Harmoniegesang der Stills-Young Band mit *Long may you run* erklang.

Er nannte diese Veranda sein „eigentliches Domizil". Sie war durch die Küche zu erreichen, die nach hinten raus lag. Massiv und einfach aus Holz gebaut, passte sie ideal zu den schlichten Stuckverzierungen des Altbaus. Der Blick ging auf Gärten und den Uhlenfluchtweg, der nur für Fußgänger zugelassen war. Lediglich zwei kleinere Flachdachvillen waren in diesem Areal zu finden. Das großzügige Gelände war bis zu ihrer Vertreibung durch die Nationalsozialisten Eigentum der jüdischen Gemeinde gewesen, die hier ihren Tennisverein untergebracht hatte. Aber das wussten die jüngeren Generationen in den wenigsten Fällen, und die älteren erinnerten sich ungern an dieses düstere Kapitel der Stadtgeschichte.

Am späten Vormittag machte er sich auf den Weg zum Markt. Aber weniger zum Einkaufen, als zum Bummeln. Er liebte das Treiben und die Atmosphäre auf dem Platz zwischen Dom und bischöflicher Kanzlei. Außerdem traf er meistens Bekannte oder Freunde. Zeit für ein kurzes Gespräch war immer. Auf dem Markt schalteten die meisten Besucher einen Gang zurück und warfen die sonst übliche Alltagshektik ab.

Lübbing betrat den Markt von der Domseite, dem südlichen Zugang. Hier stand auch das steinerne Denkmal des Löwenpudels. Er konnte sich zwar nicht daran erinnern, schon einmal solch einen Hund gesehen zu haben, aber es musste eine ziemlich hässliche Rasse sein, zumindest wenn man dem Denkmal Glauben schenken wollte. Aber immerhin hatte einer dieser Hunde einer Legende zufolge Osnabrücks Bürger einst vor dem kaiserlichen Zorn Karls des Großen bewahrt.

Solange Lübbing denken konnte, war der Markt im Großen und Ganzen immer in der gleichen Art aufgeteilt. An der Südseite ein Quergang, an dem hauptsächlich die Bäcker und eine Imbissbude zu finden waren und von dem vier weitere Gänge abgingen. Im westlichsten hatten die Blumenhändler und Gärtner die Oberhand, die nächsten beiden wurden größtenteils von Gemüsehändlern beherrscht, im letzten gab es dann Fleisch, Fisch und Käse. Der Quergang, der zum Nordausgang in Richtung Hasestraße führte, war die Heimat der Kartoffelhändler. Über den gesamten Markt wachte das Denkmal Justus Mösers, eines berühmten Sohnes der Stadt.

„Hey, Lübbing, das ist vielleicht ein Ding. Guck doch mal rüber zu mir!", schallte es in seinem Rücken.

Er drehte sich um. Helen! Natürlich! Die gute alte Helen. Jetzt war es sehr wahrscheinlich vorbei mit der Ruhe und Beschaulichkeit. Aber er freute sich ehrlich, sie zu sehen. Fröhlich mampfend stand sie an einer Imbissbude.

„Das hier sind die besten Bratwürste im Osnabrücker Land. Willst du auch?" Sie hielt ihm das dicke Stück Wurstbrät unter die Nase. Die Pelle war an einer Seite aufgeplatzt, und das Fett lief über ihre Finger.

„Nein danke, ich wollte eigentlich gleich ins Eiscafé."

„Prima", trällerte Helen fröhlich. „Genau das richtige Dessert nach der Wurst. Wir gehen natürlich zu Toscani", entschied sie munter weiter.

Etwas anderes wäre für Lübbing auch nicht akzeptabel gewesen. Toscani war für ihn Kult. Die Inhaber, eine italienische Familie, produzierten ihr Eis noch selbst, wie in den Zeiten, als sich ihre Eisdiele noch im Stadtteil Schinkel befand. In seiner Kindheit waren seine Eltern sonntags oft mit ihm und seinem Bruder auf den Fahrrädern die paar Kilometer von ihrem Heimatort Belm bis in die Stadt geradelt, um die kalten Köstlichkeiten zu genießen. Als Junge fand er das ganze Flair des Salons faszinierend. Die kleinen, runden Tische auf blitzenden Metallfüßen, das Eis drapiert mit bunten Schirmen, die farbigen Plastiklöffel. Er und sein Bruder hatten immer wieder mit kindlichem Ernst verkündet, Eisverkäufer werden zu wollen. Später war die nächste Generation der italienischen Familie in einen schmucken, hölzernen Pavillon in der Innenstadt gezogen, und Lübbing mit ihnen. Dieses Jahr war ihre letzte Saison. Die Eisdiele war einem typischen, gesichtslosen Einkaufszentrum im Wege, das sich dann später pompös Shopping-Mall oder ähnlich nennen würde. Lübbing bedauerte das außerordentlich, verlor die Innenstadt doch immer mehr ihr individuelles Bild. „Stadtplaner müssen alle Klone sein", dachte er bei sich.

Sie setzten sich an einer Tisch im hinteren Teil des Cafés. Während Helen die Eiskarte aufmerksam las, beobachtete Lübbing sie. Wieder einmal fiel ihm auf, mit welcher Intensität sie durch das Leben ging. Ob es darum ging, eine Speisekarte zu studieren oder eine Bratwurst zu essen, bei ihr geschah alles mit Hingabe und Begeisterung. Zwar war sie auch schon über die vierzig hinaus, doch diesen kindlichen Zug hatte sie sich bewahrt. Sie war einmal seine große, wenn auch hoffnungslose Leidenschaft gewesen. Im Laufe der Jahre war daraus eine ehrliche, feste und tiefe Freundschaft geworden, die unverändert anhielt, auch wenn sie sich nicht sehr oft sahen.

Helen hatte sich endlich für einen Eisbecher entschieden, und Lübbing wusste ohnehin, was er wollte: seinen geliebten Eiskaffee. Nachdem sie die mächtige Portion Eis verzehrt hatte, beugte sie sich zu ihm hinüber, tätschelte seinen rechten Handrücken und fragte: „Nun erzähl mal, wie ist es dir in den letzten Wochen ergangen? Was macht das Liebesleben unseres aufrechten Junggesellen?"

„Nun ja, mal so, mal so." Es war ihm immer unangenehm, darüber zu reden. Selbst mit Helen. Damit sie nicht nachbohren konnte, setzte er einen Konter. „Und bei dir? Was macht die Osnabrücker Lesbenszene?"

Mit gespieltem Entsetzen verdrehte Helen die Augen. „Kannst du vergessen. Seit Gay in May ist absolut tote Hose. Ich bin schon völlig ausgehungert."

Lübbing hakte nach. „Als wir uns das letzte Mal trafen, hattest du aber nur Augen für den braunen Pferdeschwanz, mit dem du unterwegs warst."

Abwehrend hob sie beide Hände. „Hör mir damit auf. Eine meiner ganz großen Fehlentscheidungen. Die entpuppte sich nach einer Woche als esoterisches Prinzesschen. Und das Licht wurde auch immer ausgemacht!"

Lübbing sagte nichts, spreizte nur seinen rechten Daumen ab und zeigte damit zum Nebentisch. Zwei ältere, elegant gekleidete Frauen starrten sie entgeistert und empört an. Anscheinend hatten Lübbing und Helen zu laut geredet.

Nun lief Helen zur Höchstform auf. „Lübbing, zahl schon mal. Ich muss den Damen hier noch etwas erklären."

Im Weggehen sah er noch, wie sie das T-Shirt straff zog, wohl damit ihre nicht unerhebliche Oberweite noch besser zur Geltung kam. Was sie zu sagen hatte, war nicht zu überhören, sogar am Tresen konnte er jedes Wort verstehen.

„Meine Damen, Sie sehen hier eine stolze Vertreterin der lesbischen Liebe vor sich. Für mich ist das die vollkommenste Form menschlicher Sexualität. Wir Lesbierinnen haben sogar eine eigene Insel. Lesbos, haben Sie doch bestimmt schon mal gehört. Aber kennen Sie ein Eiland, das Hetero im Namen trägt?" Sie machte eine Kunstpause. Die beiden Damen rührten sich nicht, der einen tropfte geschmolzenes Erdbeereis vom Löffel auf ihren Kostümrock, ihre Mundwinkel waren ebenfalls eisverschmiert.

Jetzt kam Helens Finale. Sie deutete auf besagten Mund. „Um es mit Klaus Kinski zu sagen: Ich bin so wild nach deinem Erdbeermund." Sie beugte sich vor und gab der Frau einen dicken, lauten Kuss auf die Wange. Dann richtete sie sich wieder auf: „Meine Damen, ich empfehle mich", und ging in würdevoller Haltung Richtung Ausgang. Draußen auf dem Bürgersteig krümmte sie sich allerdings vor Lachen, konnte Lübbing von seinem Platz an der Theke aus sehen.

Im Lokal war nun die Hölle los. An den meisten Tischen hatte man den Auftritt mitverfolgt. Die Reaktionen gingen von kreischendem Gelächter bis zu empörten und wütenden Kommentaren. Die Dame mit dem Erdbeereis hatte plötzlich ein Taschentuch in der Hand und rieb sich hektisch ihre soeben geküsste Wange. Lübbing, der gerne zahlen wollte, legte einfach einen Schein auf den Tresen. Der italienische Eisverkäufer beachtete ihn überhaupt nicht, er hatte den Kopf weit in den Nacken geworfen, lachte und lachte, während er mit dem Eisportionierer immer wieder in einen Behälter mit Schokoladeneis schlug.

Draußen fiel Helen Lübbing um den Hals. „Das war genau der richtige Start ins Wochenende. So habe ich nicht mehr gelacht, seit ich erfahren habe, dass du Waldemar heißt. Komm, das muss im *Pink Piano* gefeiert werden."

Sie ging vor ihm her, hatte die Arme um ihre Taille geschlungen und ließ wieder ihr keiliges Lachen hören. Er betrachtete sie. Ihre kleine, dralle Figur, den kecken Bubikopf.

Sie schaute sich um und sagte mit einem schalkhaften Blick: „Du alter Spanner."

„Ich höre deine Worte mit Empörung. Mein Blick galt lediglich fürsorglich deiner Figur, weil du heute erst eine fetttriefende Bratwurst und einen Maraschino-Becher mit doppelter Portion Sahne gegessen hast. Ich möchte nicht, dass du ein Gramm Körpergewicht verlierst und wäre deshalb ausnahmsweise gewillt, für den Weg ins *Piano* ein Taxi zu spendieren."

Sie hakte sich bei ihm unter. „Waldemar, du bist ein wahrer Freund."

„Übrigens", sagte Lübbing belehrend, „Villon, François Villon und nicht Kinski."

„Was *Villon*?", fragte Helen verständnislos.

„*Der Erdbeermund* wurde von François Villon verfasst, Klaus Kinski hat ihn nur rezitiert."

„Und wer war Villon?"

„Ein französischer Säufer, Hurenbock, Gauner und Vagabund im 15. Jahrhundert, der herrliche Balladen geschrieben hat und berüchtigt war für seine Spottlieder auf die Oberschicht. Eines Tages, im Alter von 32 Jahren, ist er einfach verschwunden."

„Klingt gut", meinte Helen durchaus ehrlich.

Der Nachmittag im *Pink Piano* wurde, fast schon zwangsläufig, zu einem wunderbaren Besäufnis. Sie begannen mit Bier, tranken zwischendurch aber immer wieder Tequila. Dann tranken sie Tequila und nur noch zwischendurch ein Bier. Helen versuchte, mit der neuen Bedienung zu flirten, die sich aber deutlich mehr für Lübbing interessierte. Als er dann noch betonte, wie überaus charmant er nun einmal sei, verlor Helen kurzfristig ihre Contenance. Sie muffelte herum und verkündete einer verdutzten Gruppe Jurastudenten am Nebentisch, dass es eigentlich ein Gesetz geben müsse, um heterosexuelle, weibliche Bedienungen verbieten zu können. Da sie aber von Natur aus ein heiteres Gemüt hatte, ging ihre schlechte Laune schnell vorüber. Sie tranken den letzten

Absacker und brachen auf zu Lübbings Wohnung. Helen wollte nicht mehr den weiten Weg zu ihrem Appartement an der Sutthauser Straße machen. In seiner Wohnung zog sie sich sofort aus und schlüpfte ins Bett. Lübbing versuchte noch eine Weile, die Sportschau zu gucken, gab es aber nach einigen Minuten auf. Er fand, dass einige Bälle zuviel auf dem Spielfeld waren, und ging ebenfalls ins Schlafzimmer, entkleidete sich und kuschelte sich an Helens Rücken. Sie drehte sich herum. Ohne die Augen zu öffnen murmelte sie: „Schön, dass du da bist. Eine Decke ist niemals so warm, als dass man allein darunter schlafen sollte."

„Von wem hast du das denn?", fragte er entgeistert.

„Ich weiß nicht, vielleicht von Villon." Sie öffnete die Augen, gab ihm einen Kuss. „Schlaf gut, mein Lieber. Gut, dass es dich gibt." Und nach einer Weile: „Nur schade, dass du ein Mann bist."

Dann schliefen sie ein.

2

Jan Kaiser saß am Montag hinter seinem Schreibtisch in der Polizeidienststelle Belm und las Berichte, die ein Kollege aus der Nachbarstadt übermittelt hatte. Auch dort war das Wochenende ruhig gewesen, trotz der Kirmes. Abgesehen von ein paar Rangeleien war nichts passiert. Es zahlte sich also aus, dass sie zum ersten Mal mit einigen Doppelstreifen Präsenz gezeigt hatten. Allerdings stellte die derzeitige Regelung für ihn keine akzeptable Lösung dar. Die Polizeidirektion der östlichen Nachbarstadt Melle betreute Belm an den Wochenenden und nachts mit, hatte aber genug mit sich selbst zu tun. Im übrigen lag Osnabrück viel näher. Es war also nicht verwunderlich, wenn die Kollegen aus Melle ungern die 15 Kilometer bis nach Belm rausführen, wo sich mitten im Ortskern ein sozialer Brennpunkt entwickelt hatte. Die sogenannte NATO-Siedlung war nach dem Abzug der englischen Soldaten, für deren Familien die britische Armee die Siedlung ursprünglich angelegt hatte, zur Heimat von Aussiedlern aus Osteuropa geworden.

Sie waren aus den unterschiedlichsten Gründen gekommen. Viele, vor allem ältere, weil sie sich ihrer deutschen Vorfahren noch bewusst waren und deutsch sprachen und es hier wieder durften. Etliche auch aus religiösen Gründen, hier konnten sie frei nach ihrem Glauben leben. Andere kehrten wiederum der Ausgrenzung ihrer ethnischen Gruppe einfach den Rücken. Manche kamen auch schlichtweg aus materiellen Gründen und einige Dumme, weil sie glaubten, in Deutschland würden ihnen die gebratenen Tauben in den Mund fliegen.

In der einheimischen Bevölkerung stießen sie bald auf Vorbehalte. Oft genug nur wegen reiner Äußerlichkeiten. Man machte sich über die alten Frauen mit ihren Kopftüchern und langen Kleidern lustig, über die Männer mit den Schirmmützen, ihre von einem starken Dialekt geprägte Aussprache. Andererseits konnten die neuen Einwohner auch nichts mit dem westlich geprägten Weltbild der Bundesrepublik anfangen. Der größte Teil beider

Bevölkerungsgruppen zog es vor, zunächst einmal aneinander vorbeizuleben. Daneben gab es wenige lobenswerte Privatinitiativen, die eine Annäherung fördern wollten.

Eine eigene Problemgruppe stellten allerdings die mit ihren Eltern gekommenen Jugendlichen und jungen Erwachsenen dar. Im Gegensatz zur älteren Generation waren sie völlig geprägt von der Realität des Regimes unter dem sie aufgewachsen waren. Jan Kaiser nannte sie bei sich und unter Freunden assimilierte russische Bürger.

Viele von ihnen sprachen nicht einmal mehr das altertümliche Deutsch ihrer Eltern und Großeltern, sondern nur noch russisch, so dass ihre schulische und berufliche Eingliederung schwierig war. Den Freiraum, den sie hier vorfanden, verstanden sie nicht als Chance für sich, sondern als Schwachpunkt eines Staates, den es auszunutzen galt. Waren sie doch in einem Land groß geworden, in dem die staatlichen Organe willkürlich und selbstherrlich waren und immer nur Druck ausübten.

Bald gab es erste kleine Gruppen, die sich an bestimmten Plätzen trafen und die Zeit totschlugen. Die Kleinkriminalität stieg an, hatten Jan Kaiser und seine Kollegen festgestellt, auch wenn das von staatlichen Organen und politisch Verantwortlichen bestritten wurde. Ladendiebstähle, Autoaufbrüche, Schlägereien waren zwar nicht gerade an der Tagesordnung, nahmen aber zu. Hinzu kam auch noch ein Konflikt zwischen türkisch- und russischstämmigen Gruppen.

„Gott sei Dank, hat sich das nach Osnabrück verlagert", dachte Jan Kaiser. Dort hatten sie sich vor Diskotheken schon Massenschlägereien und Messerstechereien geliefert, sogar eine Autobombe war einmal hochgegangen. Kaiser hatte bereits resigniert. „Unsere Dienststelle kann die Situation sowieso nicht ändern. Ich bin nur der kleine Beamte, dem die Scheiße um die Ohren fliegt." Er wandte sich wieder dem Bericht vom Wochenende zu.

Der Kollege, der ihn verfasst hatte, musste sehr von einem ruhigen Abschluss der Kirmes überzeugt gewesen sein. Kaiser hatte seine eng beschriebenen Faxblätter gleich am Morgen vorgefunden, sie waren also bereits am Sonntag geschrieben worden. Erleichtert atmete Kaiser aus. Nach der großen Schlägerei im Frühjahr beim Feuerwehrfest hatte er Schlimmes erwartet.

Eine weitere Meldung war angefügt. Eine Frau Weidenfels, ihr Vorname war nicht festgehalten worden, hatte angerufen und wollte eine versuchte Körperverletzung anzeigen. Sie hatte auf ihr hohes Alter hingewiesen und, so die Notiz des Kollegen, „sehr energisch verlangt, von einem Polizeioffizier zu Hause besucht zu werden".

Kaiser überlegte, das könnte der junge Schlattmann übernehmen. Er selbst wollte nach Möglichkeit die Dienststelle heute nicht verlassen, rechnete er doch stündlich damit, Großvater zu werden. Er ging in den Nebenraum und übergab Schlattmann das Schriftstück.

„Fahr da mal vorbei. Da ist anscheinend eine ältere Frau belästigt worden."

Schlattmann stand unverzüglich auf. Er war noch nicht lange auf der Dienststelle und legte Wert darauf, dass man seinen Arbeitseifer sah. Er schaute auf den Zettel. Die Adresse war fast um die Ecke, da konnte er genauso gut zu Fuß hingehen.

Nach zehn Minuten stand er vor einem adretten Haus. Weißgestrichener Gartenzaun, Blumenbeete wie mit dem Lineal gezogen, der Rasen akkurat gemäht. In den Fenstern kunstvoll in Falten gelegte Gardinen und die unvermeidlichen Ampelblumen.

„Betreten verboten", stand auf einem Schild in schwarzer Schrift mit gelbem Hintergrund. Schlattmann ignorierte es, schließlich war um Hilfe gebeten worden.

Er ging durch die Pforte, deren Angeln selbstverständlich nicht quietschten, war auf halbem Wege zur Haustür, als ein kleines Etwas wie ein weißer Kugelblitz um die Ecke schoss, mit lautem Gekläffe, denn als Bellen konnte man die hohen Fisteltöne wirklich nicht bezeichnen. „Nun lass mal gut sein, Fiffi!", versuchte Schlattmann zu beschwichtigen.

Doch Fiffi war anderer Meinung. Er schnappte sich den rechten Schnürsenkel des Polizisten und zerrte angriffslustig daran. Schlattmann zog den Fuß hoch und schwenkte das Bein zur Seite. Der kleine Fiffi vollführte eine nicht gerade elegante Pirouette, verlor die Bodenhaftung und segelte im Halbkreis herum, wie in einem Kettenkarussell für Hunde. Aber Fiffis Gebiss war nicht stark genug für diese Fliehkraft. Nach fast einer ganzen Runde musste er loslassen und flog zwei Meter weit über den Rasen. Jaulend landete er vor den Füßen einer etwa sechzigjährigen Frau mit weißen, streng zurückgekämmten Haaren. Sie trug einen Hosenanzug, der mehr an eine Uniform erinnerte.

Auf ihrem Arm fand der völlig verängstigte Hund Zuflucht. Das zitternde kleine Bündel streichelnd trat sie auf Schlattmann zu. Eine Stimme, die ihn stark an einen Kasernenhof erinnerte, schrie ihn an: „Sie, was soll das? Tierquälerei von der schlimmsten Sorte. Und so einer trägt Uniform. Ich verlange eine Erklärung."

Schlattmann wollte gerade zum Reden ansetzen, als er wieder unterbrochen wurde.

„Name, Dienstgrad, Dienststelle!"

„Schl ..., Schlattmann, Ingo", stotterte er, „Wachtmeister auf dem hiesigen Revier."

„Und was wollen Sie?" Ihre Stimme war wirklich unerträglich.

„Ich komme wegen Ihres gestrigen Anrufes, Frau Weidenfels." Schlattmann fand allmählich seine Fassung wieder.

„Von Weidenfels bitte. Ich hatte allerdings erwartet, dass man einen höherrangigen Beamten schickt. Kommen Sie herein!"

Die Wohnung kam ihm wie ein großer Bundeswehrspind vor. Alles akkurat ausgerichtet und wahrscheinlich seit Jahren an einem festen Platz. Kein Staubkörnchen. Der Geruchssinn wurde vom strengen Bohnerwachsgeruch belästigt. Auf der Biedermeierkommode, sicherlich ein echt antikes Erbstück, stand das Brustbild eines Mannes in Uniform. Die Frau sah seinen Blick.

„Mein vor zwei Jahren verstorbener Mann. Brigadegeneral von Weidenfels. Hat die Bundeswehr mit aufgebaut, aber man hat es ihm nicht gedankt."

Schlattmann konnte sich jetzt an den Fall erinnern, der seinerzeit durch die Presse ging. Das musste ungefähr vor sieben oder acht Jahren gewesen sein. Der General hatte auf einer Veranstaltung einer ultrakonservativen Verbindung geredet und dabei auch einige unglückliche Äußerungen über rassische Vermischung in der Bundesrepublik mit eingeflochten. Das Resultat war, dass Brigadegeneral von Weidenfels einige Tage später ein Brigadegeneral a.D. war. Schlattmann wollte das Thema nicht weiter vertiefen.

„Sehr verehrte gnädige Frau", er zückte sein Notizbuch, „Sie haben uns gestern angerufen, um eine versuchte Körperverletzung zu melden."

„Genau um 16.12 Uhr, junger Mann."

„Können Sie mir den Tathergang etwas genauer darlegen?"

„Deshalb habe ich Sie doch herbestellt. Tatort, mein Vorgarten. Fußtritt, der aber daneben ging."

„Und wer hat versucht, Sie zu treten. Kannten Sie den Täter?"

„Von mir ist hier nicht die Rede, junger Mann. Adolf wäre beinahe das Opfer geworden."

Schlattmann schaute verblüfft. „Adolf, welcher Adolf?"

„Na hier, mein kleiner lieber Adolf." Sie tätschelte den Kopf des kleinen Ungeheuers, das dafür brav die andere Hand seiner Herrin leckte.

Aha, Fiffi hieß also Adolf.

„Das waren die Bälger von den Russen nebenan. Haben wieder einen Ball über den Zaun geschossen. Ich habe Adolf eingeschärft aufzupassen, wenn sie das Grundstück betreten. Als er seiner Wachpflicht nachkommen wollte, hat der eine Sohn nach ihm getreten." Verächtlich fügte sie hinzu: „Ist eben Gesocks aus einem völlig degenerierten Kulturkreis."

Ingo Schlattmann lief rot an. Er war zwar nur ein kleiner Wachtmeister, und vor ihm mochte eine ehemals wichtige Person der oberen Gesellschaftsschicht stehen, aber zu seinem Bild von Recht und Ordnung gehörte auch die strikte Ablehnung menschenverachtender, rassistischer Äußerungen.

„Frau von Weidenfels", seine Stimme wurde beunruhigend leise, „Sie halten mich von wichtigeren dienstlichen Dingen ab, weil ein kleiner Junge sich gegen den Angriff Ihres Bettvorlegers gewehrt hat. Einen Angriff, den Sie nach eigener Aussage befohlen haben. Mir ist eben mit dem Viech das gleiche passiert. Sollte er noch einmal so etwas versuchen, mache ich von der Dienstpistole Gebrauch, und Adolf kann mit Ihrem seligen Mann spielen."

Sie war blass geworden, blass vor Wut, trotzdem hatte sie auch etwas von ihrer Überheblichkeit verloren.

„Auf Wiedersehen", sagte Schlattmann knapp.

Als er an der Haustür war, hörte er hinter sich eine zischende Stimme.

„Das werden Sie bereuen, ganz bestimmt werden Sie das bereuen. Ich kenne maßgebliche Leute an den richtigen Stellen."

Schlattmann drehte sich noch einmal um. Er betrachtete den Hund. „Sieht aus wie ein weißes, zu stark behaartes Hängebauchschwein", dachte er.

„Heil Adolf", sagte er und ging.

Auf dem Weg zurück zur Dienststelle beruhigte er sich wieder. Dafür war aber dort der Teufel los. Mehrere Frauen und Männer redeten auf Jan Kaiser ein. Hinzu kamen noch ein paar Kinder, die sich an den Beinen ihrer Mütter festklammerten. Kaiser war hoffnungslos überfordert.

Er rief zu Schlattmann herüber: „Hilf mir mal. Dirk und Peter sind zu einem Verkehrsunfall gerufen worden. Ich komme hier so nicht weiter."

„Was ist denn eigentlich los?"

„Soweit ich verstanden habe, sind das die Eltern und andere Verwandte eines Mädchens, das sie seit Samstag vermissen. Aber es sind Aussiedler, nur der eine spricht gut verständliches Deutsch."

Schlattmann griff sich ergeben ein Formular und begab sich ebenfalls in das Zentrum des Sturms. Das war heute wirklich nicht sein Tag.

3

Am frühen Nachmittag hatte Jan Kaiser die Sache mit dem vermissten Mädchen endlich im Protokoll. Es war noch eine Zeitlang turbulent zugegangen, bis Schlattmann den jungen Mann, der Deutsch sprach, zur Seite nahm und leise, aber eindringlich auf ihn einsprach. Es stellte sich heraus, dass es sich um den Bruder der Vermissten handelte, der nach dem Gespräch mit Schlattmann seine Verwandten hinausschickte. Nur ein älterer Aussiedler, sein Vater, blieb mit ihm zurück. Sie gingen mit Kaiser in den hinteren Raum.

Eine Stunde dauerte die Protokollierung der Anzeige. Als Kaiser mit den beiden aus dem Zimmer kam, drehte sich der alte Mann um, ergriff mit beiden Händen Kaisers Rechte und sagte recht überschwänglich etwas auf russisch. Kaiser, nur die Geste verstehend, reagierte verlegen: „Ist schon gut, ja, danke. Einen schönen Tag. Wir kümmern uns um die Sache."

Während Vater und Sohn die Wache verließen, sah Kaiser in die grinsenden Gesichter seiner Kollegen.

„Was ist denn? Es kommt schließlich nicht alle Tage vor, dass sich jemand bei einem Polizisten bedankt, weil der seine Anzeige aufnimmt. Schlattmann, wie hast du es eigentlich vorhin geschafft, dass die plötzlich alle so folgsam wurden?"

„Ich habe dem jüngeren Mann gesagt, du seist Großvater geworden und würdest einfach zum Krankenhaus fahren, wenn hier nicht bald Ruhe wäre, und ich sei nicht berechtigt, Anzeigen entgegenzunehmen."

Kaiser wurde laut: „Was, bist du wahnsinnig? Mit so etwas scherzt man doch nicht. Ich bin sowieso schon mit den Nerven fertig, weil ich nichts vom Krankenhaus höre."

„Wer sagt denn, dass ich scherze. Vorhin kam ein Anruf aus dem Krankenhaus. Deine Frau war dran, besser gesagt Oma Ursula, du bist seit einer Stunde Großvater."

Dann prustete Schlattmann los, während die Kollegen auf Kaiser zustürmten, um ihm zu gratulieren. Dem Stempelkissen, das der frisch gebackene Opa nach ihm geworfen hatte, wich er geschickt aus.

*

Werner Flottmann stapfte missmutig los. Es war nur ein kurzer Weg vom Hof bis zum Buchenbrink, in dem sich ein prähistorisches Hünengrab befand. Das Waldstück, seit Generationen im Besitz der Bauernfamilie, hatte für ihn nur wenig Wert, denn es war mit archäologischen Schutzbestimmungen belegt, aber er war für die Sauberkeit und Durchforstung zuständig. Er ahnte, was ihn erwartete, schließlich war Kirmes gewesen. Das traditionelle Volksfest fand immer entlang der Lindenstraße statt, der alten Hauptstraße durch den Ort, die am Friedhof entlangführte. Wenn man ihn überquerte, gelangte man in den Brink, in den sich Pärchen gerne zu sexuellen Vergnügungen zurückzogen. Böse Zungen behaupteten, hier sei an Kirmesabenden mehr los, als auf dem Volksfest selbst.

Flottmann hatte den Brink erreicht. Er war mit einem Greifer mit langem Stiel bewaffnet, so wie ihn die Mülleinsammler eines Abfallbetriebes benutzen, und mit einem großen Plastikeimer. Sein Münsterländer Rupert knurrte missmutig. Er musste heute an der Leine bleiben, anstatt durchs Unterholz stöbern zu dürfen. Aber nachdem Rupert vor zwei Jahren mit einem benutzten Kondom in der Schnauze aus einem Gebüsch gekommen war, ließ Flottmann sich nicht mehr erweichen.

Er betrat sein Waldstück und hielt sich erst links im westlichen Teil auf. Es war gar nicht so schlimm, wie er befürchtet hatte: eine Bierflasche, ein Paar Cola-Dosen, eine McDonalds-Tüte. Weiter zur Mitte ging er am alten Grab vorbei und suchte den nördlichen Teil ab. Plötzlich blieb Rupert stehen. Er ließ sich nicht von einem dichten Gebüsch abbringen. Na gut, sollte er doch einen Hasen aufstöbern, schließlich war er ein Jagdhund. Er gab seinem Begleiter etwas mehr Leine, und Rupert verschwand in den Sträuchern. Flottmann ließ ihm eine Minute Zeit, dann befahl er: „Rupert, zurück!"

Der Hund ließ sich nicht beirren. Flottmann musste mehrmals kräftig zerren, bevor Rupert mit blutverschmiertem Maul wieder auftauchte. Flottmann stutzte, der Hund würde ein anderes Tier nur jagen, niemals selbst reißen, dazu war er zu gut abgerichtet. Kurzerhand band er Rupert an einen Ast, worauf der Hund mit einem jaulenden Protest reagierte. Auf Flottmanns „Aus" verstummte er aber sofort. Der Bauer schob entschlossen die Zweige des Gebüschs auseinander. Dahinter befand sich eine kleine Lichtung, die von allen Seiten durch Sträucher abgeschirmt war. Zunächst fiel ihm nichts auf. Dann sah er am linken Rand etwas liegen. Er ging darauf zu. Ein Damenschuh. Dann noch etwas, einen halben Meter weiter. Ein etwa kopfgroßer Stein. Der Stein und auch das Gras, auf dem er lag, waren rot gefärbt. Werner Flottmann holte sein Handy aus der Tasche.

*

Schlattmann freute sich auf den Feierabend. Er glaubte genauso wenig wie seine Kollegen, dass Kaiser heute noch mal reinkommen würde. Großvater wurde man schließlich nicht jeden Tag. Noch vierzig Minuten und er würde selbst in sein kleines Appartement fahren, duschen, eine Kleinigkeit essen und dann weiter das Modell der legendären *Cutty Sark* zusammensetzen. Modellbau, speziell Buddelschiffe, waren sein Hobby.Die Tür ging auf, und Werner Flottmann kam zügig herein.

„Ist Jan nicht da?"

„Der wird wohl noch im Krankenhaus sein. Er ist heute Großvater geworden, Herr Flottmann", antwortete Schlattmann höflich. Er kannte die Stellung des Bauern in der Gemeinde. „Kann ich Ihnen helfen?"

„Das will ich doch wohl annehmen", dröhnte Flottmann. „In meinem Waldstück da oben, dem Buchenbrink, hat mein Hund eine Blutlache aufgespürt."

Schlattmann dachte automatisch an Wilderei.

„Und daneben einen Damenschuh, der noch recht neu aussieht", setzte der Bauer nach.

„Scheiße", entfuhr es Schlattmann. „Und hier wird ein Mädchen vermisst."

„Na, dann rufen Sie mal Jan an. Im Wald oben passt mein Knecht solange auf. Habe ich übers Handy verständigt."

*

Jan Kaiser war glücklich und etwas unsicher zugleich. Er war im Krankenhaus stürmisch von seiner Frau begrüßt worden, einer strahlenden Großmutter. Seine Tochter und seine Enkelin waren wohlauf.

„Eine Geburt wie aus dem Lehrbuch", hatte die Stationsleiterin gesagt.

Gerührt und ganz vorsichtig hatte er die zarten Finger des Babys berührt, das friedlich an der Brust seiner Mutter schlummerte. Seine Unsicherheit war anderer Natur: „Großvater Kaiser!" War er jetzt alt? Es ging kein Weg daran vorbei, in ein paar Jahren würde er Pensionär sein und mit der kleinen Eva spazieren gehen.

Das Handy klingelte, was ihm einen strafenden Blick seiner Frau einbrachte. Er verließ das Zimmer und nahm den Anruf auf dem Gang entgegen.

„Jan, wo bist du?", hörte er Schlattmann fragen.

„Noch im Krankenhaus, was ist denn los?"

„Du hast doch heute Mittag die Vermisstenanzeige entgegengenommen", antwortete ihm der junge Kollege. „Hast du schon etwas veranlasst?"

„Im Prinzip noch nichts. Personalien und Personenbeschreibung liegen in der Akte auf meinem Schreibtisch. Der Bruder wollte bis morgen ein Foto vorbeibringen, und dann kann alles an die umliegenden Dienststellen gehen. Herrgott, was soll die Fragerei? Was meinst du, wie viele 15-jährige Mädchen heutzutage mal ein Wochenende wegbleiben. Gerade am Kirmeswochenende einen draufmachen, bei ihrem Freund schlafen, oder was sonst noch tun?"

„Jan", ertönte Schlattmanns Stimme aus dem Handy, „jemand hat im Buchenbrink eine Blutlache entdeckt, und daneben wurde ein Damenschuh gefunden."

Kaiser musste die Mitteilung erst einmal verdauen. Erst als Schlattmann rief: „Jan, bist du noch dran?", reagierte er: „Wer hat es denn gemeldet?"

„Werner Flottmann."

Schlattmann staunte, Kaiser ging wie selbstverständlich davon aus, dass er die Federführung in der Sache übernommen hatte. Aber es war wirklich so gewesen. Er hatte zwei Kollegen mit Flottmann zur Fundstelle geschickt, was sie widerspruchslos akzeptiert hatten. Er hatte ihnen eingeschärft, den Ort entsprechend abzusperren und dann selbst versucht, Kaiser zu erreichen. Nun war er unsicher, ob er alles richtig gemacht hatte. Etwas stockend berichtete er dem erfahrenen Kollegen.

„Okay, gut gemacht!", lobte ihn Kaiser. „Ich komme so schnell wie möglich. Bleib du im Büro und ruf die Kollegen von der Polizeiinspektion in Osnabrück an. Das ist eine Sache für die Kripo und die Spurensicherung."

Als er die Verbindung mit Kaiser beendet hatte, kamen Schlattmann doch einige Zweifel. Was, wenn es doch nur Wildblut wäre, und der Schuh nur aus Zufall gerade dagelegen hätte? Aber andererseits hatten sie ein vermisstes Mädchen, und die Spuren müssten auf jeden Fall gesichert werden. Schlattmann nickte zufrieden, Kaiser hatte ihm die Richtigkeit seines Handelns bestätigt. Er griff zum Hörer, um alles weitere zu veranlassen.

Der Stapellauf der *Cutty Sark* würde sich allerdings verzögern.

4

Als Jan Kaiser auf dem Revier eintraf, fand er nur Schlattmann vor. Der empfing ihn gleich mit den Worten: „Die Kollegen von der Kripo sind schon da, mitsamt Spurensicherung. Sie sind gleich weiter zum Buchenbrink. Der Chef, Warnecke heißt er, möchte dich sofort sprechen."

Kaiser seufzte ergeben und machte sich auf den Weg.

Der Fundort war weiträumig mit rot-weißen Plastikbändern abgesperrt worden. Innerhalb dieser Absperrung standen zwei Männer, einer von ihnen war ihm als Kollege von der Kripo bekannt, und schauten den beiden Mitarbeitern der Spurensicherung zu, die sich zum Waldboden hinunterbeugten. Die beiden Kollegen von der örtlichen Dienststelle standen an verschiedenen Plätzen außerhalb der Sperre und blickten Jan missmutig entgegen.

Er trat zu einem von ihnen: „Dirk, was ist Sache?"

„Wir stehen hier, um zu verhindern, dass einer von den Neugierigen unter der Absperrung durchkriecht. Das ist eine Anweisung vom Chef der Truppe da."

In der Tat schauten ein Dutzend Menschen neugierig zu der Gruppe von Beamten herüber. Der Weg zum Friedhof durch den Buchenbrink wurde immer rege genutzt. Nun standen die Passanten da, bewaffnet mit kleinen Schaufeln oder Gießkannen zur Grabpflege, und reckten die Hälse. Erste Mutmaßungen wurden angestellt, was die Polizei hierher geführt haben könnte. Die Theorien reichten vom Beutefund aus einem Banküberfall bis zur Entschärfung einer Bombe aus dem letzten Weltkrieg.

Kaiser sagte zu seinem Kollegen: „Mensch, um hier aufzupassen, braucht ihr doch nicht zu zweit Wache schieben. Da reicht doch einer."

„Ganz deiner Meinung. Aber der Kollege von der Kripo meinte, wir müssen. Ist übrigens ein Neuer, den hab ich noch nie gesehen. Warnecke heißt er."

Kaiser hob den rot-weißen Plastikstreifen an, so dass er darunter hergehen konnte, und trat auf die beiden Beamten zu.

„Guten Tag", grüßte er. Beide drehten sich um. Kaiser nickte noch einmal dem ihm bekannten Kollegen zu und wandte sich dann an Warnecke. „Kaiser", stellte er sich vor, „ich bin der hiesige Dienststellenleiter"

Der Neue musterte ihn ohne Spur eines freundlichen Begrüßungslächelns im Gesicht. „Ach ja, Kollege Kaiser. Wir kennen uns noch nicht. Warnecke mein Name, ich bin letzten Monat aus Lüneburg gekommen."

Nach einer kurzen Pause: „Ich hatte eigentlich erwartet, Sie bei meinem Eintreffen hier vorzufinden."

Kaisers Gesicht verfärbte sich etwas: „Ich war im Krankenhaus in Ostercappeln."

„Aha, sicher dienstlich."

Kaiser dachte: „Du Armleuchter, du hast dich doch garantiert schon erkundigt und weißt Bescheid."

Glücklicherweise unterbrach Bauer Flottmann die unangenehme, angespannte Situation. Einer der Belmer Schutzleute hatte ihn durchgelassen. Er trat von hinten an Kaiser heran, zupfte ihn am Arm, ohne die anderen beiden Beamten zu beachten. „Jan."

Kaiser dreht sich um: „Hallo Werner."

Bevor die beiden weitersprechen konnten, fuhr Warnecke dazwischen.

„Wie kommen Sie hinter die Absperrungen. Ich muss Sie bitten, unverzüglich wieder zurückzugehen."

Werner Flottmann bekam große Augen. Er blickte Kaiser ungläubig an und fragte mit dem Daumen auf Warnecke zeigend: „Wer ist das denn?"

„Der Kollege, der die Sache hier leitet", antwortete Kaiser.

„... der die Sache hier leitet", echote Flottmann. „Dann pass mal auf, du Leiter! Erstens heißt es *guten Tag*, wenn man jemanden anspricht. Zweitens habe ich das Blut entdeckt, bin also Zeuge. Und drittens kannst du mir den Buckel runterrutschen. Das hier ist mein Grund und Boden, da stell ich mich hin, wo ich will."

Warnecke fiel die Kinnlade herunter. Bevor er antworten konnte, hatte sich Flottmann wieder zu Kaiser umgedreht und beachtete ihn gar nicht mehr.

„Jan, kann ich jetzt schon meine Zeugenaussage machen, sonst komme ich zu spät zum Abendessen."

Warneckes Assistent griff ein. „Kommen Sie mit da rüber. Ich nehme Ihre Aussage auf."

„Eigentlich ganz klar eine Beamtenbeleidigung", sagte Warnecke, während er dem Bauern hinterherblickte.

„Und dabei war er heute noch ganz friedlich", kam Kaisers Replik. Warnecke entschied, über die Äußerung hinwegzuhören, stattdessen sagte er:

„Wir können hier nicht viel machen, das ist hauptsächlich Sache der Spurensicherung. Kollege Kaiser, Sie haben doch heute im Laufe des Tages eine Vermisstenmeldung entgegengenommen, können Sie mir etwas darüber sagen?"

Kaiser hatte in weiser Voraussicht das Protokoll mitgenommen, bevor er sich auf den Weg gemacht hatte. Er schlug den roten Aktendeckel auf und las vor: „Oxana Weber. Alter: 15 Jahre. Geboren: in Pawlodar. Wohnhaft in in Belm, Pommersche Straße . 1 Meter 65 groß, zierliche Figur, lange brünette Haare und grüne Augen. Sie ist Hauptschülerin, im letzten Jahr vor dem Abschluss und will danach eine Lehre als Einzelhandelskauffrau beginnen. Sie wurde am 8. Oktober, also heute, von ihrem Vater Wladimir und ihrem Bruder Alexander als vermisst gemeldet. Sie verließ am Samstag, den 6. Oktober, gegen 18.00 Uhr die elterliche Wohnung, um mit zwei Freundinnen auf die Kirmes zu gehen, und ist bis heute nicht zurückgekehrt. Ihr Bruder gibt zu Protokoll, dass die Familie am späten Sonntagvormittag mit Telefonaten bei ihren Freundinnen mit der Suche begann. Beide Mädchen, die Namen sind ebenfalls im Protokoll, gaben an, Oxana irgendwann im Laufe des Samstagabends aus den Augen verloren zu haben. Eine detaillierte Personenbeschreibung liegt dem Protokoll bei, und ein Foto soll morgen vom Bruder des Mädchens vorbeigebracht werden. Das ist alles."

Er schlug die Akte zu und reichte sie Warnecke. Der runzelte die Stirn, dachte einige Augenblicke nach: „Das muss natürlich nichts bedeuten. Meine Tochter war erst vierzehn, als sie das erste Mal nachts wegblieb. Aber ich verstehe die Eltern, man kommt sich völlig hilflos vor."

„Junge", dachte Kaiser, „du kannst ja richtig einfühlsam sein."

„Nun, uns bleibt vorerst nur", fuhr Warnecke fort, „das Ergebnis der Kollegen von der Spurensicherung abzuwarten."

Als wäre das ihr Stichwort gewesen, traten die beiden Spezialisten auf sie zu. „Wir sind dann soweit fertig. Alles Verwertbare ist gesichert und wird zum Labor gebracht." Sie hielten beide mehrere Plastiktüten in der Hand. Der Schuh, der Stein und eine Probe des Erdbodens am Fundort waren darin verstaut.

„Können Sie schon etwas sagen?"

„Wenig, aber die Laborergebnisse und Analysen haben Sie bis morgen Abend. Haarproben von dem vermissten Mädchen wären gut. Sie muss doch zu Hause eine Haarbürste haben. Die sollten Sie uns besorgen."

„Ist das denn schon nötig?", wollte Kaiser wissen. „Damit machen wir den Eltern nur noch mehr Angst. Wir wissen ohne ihre Untersuchung noch nicht einmal, ob es sich hier um menschliches Blut handelt."

„Herr Kollege", antwortete der Beamte, „sicher wissen wir das nicht ohne Untersuchung. Aber ich behaupte es einfach mal."

„Und was veranlasst Sie zu dieser Vermutung?", mischte Warnecke sich ein.

Der Beamte hob den Plastikbeutel mit dem Stein. „Wie schon gesagt, an diesem Stein kleben nicht nur Blut, sondern auch Haarreste. Und die sind, das erkenne ich mit bloßem Auge, eindeutig menschlichen Ursprungs. Brünette übrigens."

Kaiser wurde blass, und Warnecke runzelte die Stirn, bevor er eine Entscheidung getroffen hatte: „Ich verlasse mich darauf, Ihre Ergebnisse bis morgen Abend vorliegen zu haben. Der Kollege aus Belm wird Ihnen morgen Vormittag die Haarbürste des Mädchens oder sonst irgendetwas Verwertbares vorbeibringen. Ist das in Ordnung?"

Der Beamte nickte, warf seinem Kollegen einen auffordernden Blick zu, dann gingen beide zu ihrem Wagen.

Bevor Kaiser etwas erwidern konnte, sprach Warnecke ihn an: „Ich möchte, dass Sie noch heute Abend zu der Familie fahren. Besorgen Sie, was die kriminalpolizeiliche Technik benötigt, und bringen Sie auch das Foto mit. Offiziell warten wir noch auf die Laborergebnisse, inoffiziell gehen wir ab sofort von einer Gewalttat aus. Aber davon noch kein Wort an die Presse! So, und jetzt teilen wir unseren neugierigen Mitbürgern mit, dass die Show vorbei ist."

Er winkte seinem Kollegen zu, Kaiser war entlassen. Der ging zurück und wollte gerade in seinen Wagen einsteigen, als Warnecke ihm zurief: „Übrigens, herzlichen Glückwunsch zur Enkeltochter."

Kaiser grinste. „Na also, geht doch!"

*

Als Kaiser wieder auf dem Revier ankam, war bereits Schichtwechsel gewesen. Schlattmann begegnete ihm auf dem Hof.

„Ingo, einen Moment bitte!", hielt Kaiser ihn auf. „Wir müssen noch heute zu der Familie des Mädchens fahren, und es wäre mir sehr lieb, wenn du mitkämst."

Schlattmann schaute verständnislos: „Wieso denn die Hektik? Der Bruder bringt doch das Foto morgen vorbei."

„Es geht nicht nur um das Foto. Wir müssen auch eine Haarbürste oder Ähnliches mitbringen. Jedenfalls irgendetwas, womit im Labor vergleichende Analysen möglich sind."

Schlattmann begriff nur langsam, aber als ihm klar wurde, was Kaiser ausdrücken wollte, fragte er ungläubig: „Du meinst doch nicht etwa ...?"

„Doch, genau das meine ich. Die Kollegen haben menschliche Haare gefunden."

Die Haustür war offen. Die beiden Polizisten stiegen die Stufen hinauf zur zweiten Etage und klingelten an der Wohnungstür der Familie Weber. Ein etwa vierjähriges Mädchen öffnete ihnen. Neugierig schaute sie zu den beiden hoch und lächelte. Kaiser musste unvermittelt an seine ein paar Stunden alte Enkeltochter denken. Hinter dem Mädchen erschien nun der junge Mann, den sie bereits kannten.

30

„Guten Tag, kommen Sie doch herein."

Durch den Flur gelangten sie ins Wohnzimmer. Etliche Augenpaare schauten die beiden an. Der junge Mann stellte vor: „Meine Eltern und Großeltern kennen Sie bereits, und das dort sind Nachbarn." Allgemeines Begrüßungsgemurmel hob an.

Schlattmann und Kaiser grüßten verlegen zurück, der ängstliche Blick der Menschen war unübersehbar.

Kaiser wandte sich an den jungen Mann: „Alexander, ist doch richtig, oder?"

Der Junge nickte nur und schaute ihn weiter an.

„Ja, also wir wollten nur das Bild von deiner Schwester holen."

Wortlos drehte Alexander sich um und verließ den Raum. Betretenes Schweigen folgte, dann kam er mit einem Briefkuvert in der Hand zurück, und Kaiser fragte ihn: „Dürfen wir mal das Zimmer deiner Schwester sehen?"

Wieder ging der Junge wortlos vor, die beiden Beamten folgten ihm.

Der Raum war, soweit Schlattmann das beurteilen konnte, ein typisches Zimmer für ein heranwachsendes Mädchen. Bunte Tapeten, ein ordentlich gemachtes Bett mit einigen Plüschtieren darauf, daneben auf dem kleinen Tisch ein grünes Poesiealbum. An den Wänden gab es eine Reihe von Fotos, wahrscheinlich Familienangehörige und Freundinnen, und zwei große Poster, unter einem stand „No Angels", mit einer Heftzwecke war eine abgerissene Konzertkarte daran befestigt. Auf dem anderen war ein junger Typ mit großer Hornbrille abgebildet. „Daniel forever", las Schlattmann. Er versuchte sich zu erinnern, woher er ihn kannte. Dann fiel es ihm wieder ein. Er hatte ihn vor einigen Wochen durch Zufall im Fernsehen gesehen und mit Entsetzen das Programm gewechselt.

Sein Blick fiel auf die Fensterbank. Eng nebeneinander standen dort Schneekugeln. Er kannte sie noch aus seiner Kindheit. Schüttelte man sie, wurden die Flocken aufgewirbelt. Er nahm eine in die Hand. Das Motiv stellte eine Höhle dar, in der eine Bärenmutter mit ihrem Jungen lagerte. Er fand, es war eine schöne, feine Arbeit, die gar nicht nach industrieller Fertigung aussah, obwohl

31

es das wahrscheinlich war. Er schwenkte sie hin und her, beobachtete, wie der künstliche Schnee herumwirbelte und langsam durch das Wasser wieder heruntersank. Irgendwie erinnerte ihn die in der Kugel gefangene Darstellung an sein eigenes Hobby, die Buddelschiffe.

„Schlattmann, ich wäre dann soweit. Wir können gehen", hörte er Kaiser sagen und stellte die Schneekugel zurück.

„Aber wir ...", setzte er an.

„Wir haben alles, was wir brauchen", unterbrach ihn Kaiser.

Schlattmann war sichtlich irritiert. Sie gingen nicht noch einmal ins Wohnzimmer, sondern verabschiedeten sich nur von dem jungen Mann, der ihnen zweifelnd und fragend nachschaute.

Im Auto versuchte Schlattmann es noch einmal: „Hör mal Jan, wir sollten doch ..."

Wieder ließ Kaiser ihn nicht ausreden: „Haben wir ja auch. Das heißt, ich habe. Und zwar einen kleinen Taschenkamm und eine Haarspange von dem Mädchen. Man muss die Familie ja nicht noch mehr verängstigen. Die hätten doch auch gewusst, welchen Verdacht wir haben, wenn wir danach gefragt hätten."

Schlattmann kriegte große Augen.

„Du meinst, du hast die Sachen einfach ...?"

„Ja", unterbrach Kaiser ihn zum dritten Mal, „ich habe die beiden Dinge einfach geklaut. Aber du musst es ja nicht gleich der Polizei erzählen."

*

Warneckes Geheimhaltungsversuch hielt bis zum Abend. Natürlich sagte keiner der Beamten etwas, auch die neugierigen Gaffer vom Buchenbrink konnten nur rätseln, was geschehen war. An Bauer Werner Flottmann aber hatte keiner gedacht. Nach einem ausgiebigen Abendbrot betrat er seine Stammkneipe *Alte Eiche* im alten Ortskern von Belm. Die Gespräche verebbten, während er sich auf seinen gewohnten Platz setzte. Außer einem Gruß sagte er zunächst einmal nichts. Er genoss sichtlich die Aufmerksamkeit, die ihm zuteil wurde.

Der Wirt brach schließlich das allgemeine Schweigen. Er stellte das übliche Gedeck vor Flottmann hin, Bier und Korn, und fragte: „Na, Werner, erzähl mal. Was war denn bei dir im Buchenbrink los?"

„Die Polizei war da", sagte Flottmann bewusst wortkarg.

„Das wissen wir auch. Aber was wollten die?"

„Der Hund hat Blut gefunden."

Einer der Gäste fragte dazwischen: „Ist bei Ihnen wieder gewildert worden?"

Flottmann schaute ihn sichtlich ungehalten an. Er hatte es nicht gern, wenn er unterbrochen wurde. Dann ließ er die Bombe platzen.

„Nein. Ich habe gehört, wie der eine Beamte sagte, es sei wahrscheinlich menschliches Blut, und sie hätten Haarsträhnen gefunden. Ein Damenschuh lag da übrigens auch noch."

Soviel zur Geheimhaltung in kleinen Gemeinden.

5

Lübbing ließ es am Dienstag zunächst einmal ruhig angehen, obwohl er sich eingestehen musste, auch schon den Montag vertrödelt zu haben. Aber er hatte Zeit. Aufträge von seiner regionalen Tageszeitung lagen nicht an, er beschloss aber, vorsichtshalber später am Vormittag in der Redaktion anzurufen. Und die beiden Magazine, für die er außerdem tätig war, erschienen erst zum Monatsende, das hatte also auch Zeit.

Entgegen seiner sonstigen Gewohnheit blieb er nach dem Aufwachen eine Weile im Bett liegen. Noch leicht schlaftrunken überdachte er seine derzeitige Lebenssituation, obwohl es dafür im Augenblick keinen besonderen Anlass gab.

Ließ er die letzten Jahre Revue passieren, hatte er es eigentlich ganz gut getroffen. Er war arbeitslos aus Hamburg wieder nach Osnabrück gekommen, hatte durch Zufall einen Bekannten getroffen, mit dem er zusammen die Lehre als Verlagskaufmann absolviert hatte. Durch dessen Vermittlung war er freiberuflicher Mitarbeiter in der „Redaktion Sondervorhaben" geworden. Bei dem Wort „Sondervorhaben" musste er wieder einmal grinsen. Es hörte sich wie eine Undercover-Abteilung der Zeitung an. Gefährliche Recherchen in dunklen Gassen. In Wirklichkeit fabrizierte die Redaktion sogenannte Sonderseiten, auf denen dann genau die Werbung gemacht werden konnte, die zu dem jeweiligen Thema passte. Ortsportraits, Schützenfeste und Firmenjubiläen, aber auch Themenschwerpunkte wie „Gesund im Alter" oder „Was gehört in die Reiseapotheke". Für jede Seite wurde von vornherein ein bestimmter Anteil an Anzeigen und Inseraten eingeplant, die zu akquirieren Aufgabe der Anzeigenvertreter war. Der verbleibende Rest stand dann für redaktionelle Beiträge zur Verfügung. Dies war sein Part. Er hatte entsprechende Fotos und Texte zu liefern.

Was er an dieser Tätigkeit liebte, war einerseits die Vielseitigkeit der Themen, die ihn manchmal wirklich interessierten, andererseits der Freiraum, der ihm trotz aller Rücksichtnahme auf die Werbung beim Schreiben übrig blieb und den er weidlich nutzte. Es gab zwar in der Redaktion einen eigenen Büroraum für die freiberuflichen Mitarbeiter, den er aber kaum aufsuchte. Nichts hasste er mehr als einen geregelten Büroalltag mit festen Zeiten. Auch dass manche Termine, vor allem die Schützenfeste im Frühjahr und die Volksfeste im Herbst, auf das Wochenende fielen, machte ihm nichts aus. Er nutzte zum Ausgleich dann andere Wochentage, um neue Kraft zu sammeln.

Außerdem hatte Lübbing, entgegen seiner ersten Befürchtungen, Osnabrück wieder liebgewonnen. Es zählte in gewisser Weise sicherlich zur Provinz. Aber diese Überschaubarkeit und Behaglichkeit gefielen ihm mittlerweile. Er schlenderte auch gern durch die Straßen und Stätten seiner Jugend. Durch das Heger Tor, die Große Gildewart entlang, am Haus der Jugend vorbei, das vor dreißig und mehr Jahren Veranstaltungsort großer, dreitägiger Folkfestivals gewesen war. So war auch seine Liebe zu Irland entstanden. Helen, die immer behauptete, überall leben zu können, hatte einmal gespottelt: „Wenn es um deine Liebe zu Osnabrück geht, kommen bei dir zwei Faktoren zusammen, Lübbing. Einmal dein Alter, also die Nostalgie, und dann deine irische Ader. Die Iren haben auch schon Heimweh, wenn sie vom Fischerboot die Küstenlinie nicht mehr erkennen können." Ein paar Tage später hatte sie ihm das Buch „Hungry for home" von Cole Moreton geschenkt. Er hatte es ihr nie gesagt, aber für ihn war es tatsächlich ein grandioses Stück Literatur.

„Lübbing, du hast es doch eigentlich ganz komfortabel", murmelte er zu sich selbst.

Das letzte Wochenende fiel ihm wieder ein. Es ließ sich wohl am besten unter der Kategorie „ungesund, aber gelungen" einordnen.

Nach dem Alkoholexzess am Samstag wurde er am Sonntag um acht Uhr wach, weil Helen fröhlich pfeifend nach der Dusche wieder ins Schlafzimmer kam. Er hatte einen widerlichen Geschmack im Mund, einen Brummschädel und einen unangenehm pelzigen Belag auf der Zunge, so als läge Mäusespeck darauf. Er drehte sich zunächst wieder auf die andere Seite, fand aber keine Ruhe, weil

Helen ziemlich ruhestörend Schubladen auf- und zuschob. „Verdammtes Energiebündel", dachte er genervt und setzte sich auf.

„Falls du die Kondome suchst, die liegen im Badezimmerschrank", bemerkte er spitz.

„Mein Lieber, was soll ich mit der zweiten Haut der Männer. Was ich brauche, ist ein frischer Slip", entgegnete sie trocken.

„Unterste Schublade links", wies Lübbing sie an und ließ sich wieder in die Kissen fallen. Ein spitzer Schrei schreckte ihn abermals hoch.

„Igitt, das sind ja alles Boxershorts." Helen war sichtlich schockiert.

„Natürlich sind das Boxershorts", sagte Lübbing leichthin.

„So etwas hast du früher nicht getragen."

„Im Alter bekommt die Bequemlichkeit einen höheren Stellenwert und die Eitelkeit wird zur Nebensache", dozierte er.

Helen zog sich eine Boxershort über, die natürlich viel zu groß war.

Sie schaute verzweifelt in den großen Wandspiegel. „So kann ich unmöglich auf die Straße gehen", protestierte sie.

„Du hast Recht, ich würde es mal mit einer karierten probieren. Im übrigen ist es durchaus nicht verboten eine Jeans über der Unterhose zu tragen, das soll der letzte Schrei sein." Später am Vormittag, nachdem Helen ausgiebig seinen Kühlschrank geplündert, während er mit Mühe eine Tasse Kaffee getrunken hatte, verabschiedeten sie sich vor seiner Haustür. Helen wollte nach Hause und er musste mit dem Bus zu seinen Eltern nach Belm. Für ihn stand nun das familiäre Mittagessen und der Kirmesbummel mit seinem Patenkind auf dem Programm. Wie immer machten sie keinen Termin für ein nächstes Treffen aus, ein Ritual, das sie sich im Laufe der Zeit angewöhnt hatten.

Helen gab ihm einen Kuss auf die Wange. „Denk an mich", sagte sie.

„Aber immer."

Mit einem schalkhaften Blitzen in ihren Augen ging sie los.

*

Lübbing schreckte hoch. Er war doch tatsächlich noch einmal eingedöst. Als er aus dem Bett stieg, blieb er vor dem Spiegel stehen und beäugte sich kritisch, wie so oft in letzter Zeit. Der Bauchansatz war nach wie vor unübersehbar, dabei hatte er schon sieben Kilo abgespeckt. Zum vorgenommenen Ziel wären es weitere fünf gewesen, aber sein Naturell, die Dinge treiben zu lassen, wenn sie schwierig wurden, hatte wieder einmal gesiegt. Er drohte sich selbst im Spiegel mit dem Zeigefinger: „Lübbing, du musst mal etwas zu Ende bringen."

Er nahm sein Selbststudium wieder auf. „Die Haare, die ehemals so schönen langen Haare", dachte er. Die Glatze hatte sich in den letzten Jahren rapide ausgebreitet, außerdem wurden die grauen Strähnen immer zahlreicher. Er schaute zu der aus seiner Sicht nächsten Problemzone. Die Akne auf den Schultern begleitete ihn schon ein Leben lang. Sein Blick wanderte weiter nach unten. „Na ja", dachte er ironisch, „wenigstens die Schambehaarung ist noch füllig." Der Penis. Guter Durchschnitt. Ein frivoler Gedanke ließ ihn grinsen: „Man muss eben virtuos damit umgehen können."

Das Handy riss ihn aus seiner Selbstbetrachtung, bevor er bei seinen Beinen angekommen war.

„Lübbing", meldete er sich kurz.

„Hallo Lübbing, Bensmann hier." Die Stimme war ihm vertraut. Bensmann hatte ihm den Job bei der Tageszeitung besorgt, und von ihm bekam er seine Aufträge.

„Hallo Patrick", grüßte Lübbing zurück, „wo brennt es denn?"

„Hier brennt es wirklich ein wenig, könntest du vorbeikommen?"

„Wann?"

„Am besten sofort."

*

„Lübbing, die Lokalredaktion hat ein Problem. Es geht um ein Ereignis in deinem Geburtsort Belm. Eigentlich wäre das eine Sache

37

für Krüger, aber der ist krank. Jetzt hat sich jemand in der Lokalredaktion erinnert, woher du stammst, und sie fragen an, ob du das übernehmen kannst", erklärte ihm Patrick Bensmann, als Lübbing ihm eine Stunde später gegenübersaß.

„Und worum geht es?"

„Die Polizei hat gestern in einem Waldstück eine ziemlich aufwändige Spurensicherung vorgenommen. Gleichzeitig wurde die Lokalredaktion gebeten, bei der Suche nach einem abgängigen Mädchen zu helfen. Fürchterlicher Ausdruck *abgängig*! Zwar bestreitet die Kripo noch jeden Zusammenhang zwischen den gesicherten Spuren und dem Verschwinden des Mädchens, aber die Lokalredaktion weiß es besser", erklärte Bensmann.

Lübbing holte tief Luft: „Das ist eigentlich gar nicht mein Ding."

„Das ist mir schon klar. Aber die Kollegen sind wirklich in Verlegenheit. Außerdem kommst du doch aus dem Ort, da fällt dir die Recherche sicher leichter als einem Fremden. Die Kripo und die örtliche Dienststelle mauern. Du kannst doch sicher ein paar Bekannte anzapfen."

Das konnte Lübbing in der Tat. Mit Jan Kaiser, dem Revierleiter, hatte er jahrelang Fußball gespielt. Diese Tatsache behielt er aber erst einmal für sich und fragte: „Wie kommt die Lokalredaktion darauf, dass da ein Zusammenhang besteht? Es kann doch wirklich alles ganz harmlos sein."

„Gestern Abend saß einer unserer Informanten in einer Gaststätte in Belm, in der ein Mann erzählt hat, sein Hund habe in einem Waldstück Blut aufgestöbert, woraufhin er die Polizei benachrichtigt habe. Er sei vor Ort gewesen, als die Spurensicherung gearbeitet hat, und er habe selbst gehört, wie die Polizisten den Zusammenhang zwischen dem Mädchen und dem Blut hergestellt hätten. Unser Informant ist heute morgen gleich in die Redaktion gekommen und hat uns berichtet. Er schwört Stein und Bein, der angebliche Zeuge sei absolut glaubwürdig."

„Na, *absolut glaubwürdig* ist immer so eine Sache", zweifelte Lübbing. „Hast du den Namen dieses Zeugen?"

Bensmann kramte nach einem kleinen Notizzettel. „Flottmann, Werner Flottmann", las er vor.

Lübbing sog scharf die Luft ein: „Werner Flottmann, der dürfte allerdings glaubwürdig sein."

„Du kennst ihn also auch?"

„Kennen? Allerdings. Werner Flottmann ist einer der größten Bauern und Landbesitzer. Er hat Ämter ohne Ende. Der ist im Vorstand der CDU, des Wasserwirtschaftsverbandes, beim Landvolk, ist Vorsitzender vom Reit- und Fahrverein, und was weiß ich noch. So einer erzählt nicht einfach irgendwas rum."

„Also, was ist nun, machst du es", drängte Bensmann. „Was springt dabei heraus? Das ist schließlich etwas anderes, als über die neuesten Hochzeitsmoden zu schreiben. Da ist wirklich Recherchieren angesagt." Lübbing hatte keine Lust, sich zu billig zu verkaufen. Aber er verspürte eine merkwürdige Erregung. Und Unsicherheit. Wenn diese Geschichte derartig unter der Decke gehalten wurde, konnte er doch eigentlich nur in Fettnäpfchen treten.

„Zur Bezahlung kann ich dir noch nichts Genaues sagen. Aber ich verspreche dir, ich werde mich darum kümmern, dass es dieses Mal kein Zeilenhonorar, sondern eine vernünftige Pauschale gibt. Fotos werden gesondert bezahlt. Okay?"

Lübbing hatte sich entschieden: „Gut, ich mach es."

„Schön." Bensmann schien erleichtert. „Dann mach dich auf den Weg zu Schwalbach in die Lokalredaktion. Ich sage ihm Bescheid, dass du kommst. Viel Glück."

Im Rausgehen schüttelte Lübbing noch ungläubig den Kopf. Jetzt war es passiert, Lübbing, der Kriminalreporter, war geboren.

6

Lübbing saß in dem Linienbus, der ihn in seinen Heimatort brachte. Schwalbach, der Ressortleiter vom Lokalen, hatte nur wenig präzise Anforderungen an ihn gestellt. „Stochern Sie einfach ein wenig herum und finden Sie heraus was Sache ist. Versuchen Sie Kontakt mit den Eltern aufzunehmen. Das Foto des vermissten Mädchens wird uns im Laufe des Nachmittags von der Kripo übermittelt. Sie brauchen mir heute noch nichts zu liefern. Wir beschränken uns erst einmal auf die Veröffentlichung des Bildes und die Personenbeschreibung. Machen Sie aber auf jeden Fall Fotos vom Buchenbrink. Wir wollen schnell reagieren können, wenn sich etwas tut. Alles klar? Na, dann mal los." Das war schon alles.

Lübbing überlegte, wie er vorgehen wollte. Er entschied sich, zunächst einmal zur Polizeidienststelle zu gehen, und hoffte, Jan Kaiser dort anzutreffen. Er könnte auch versuchen, zu Werner Flottmann Kontakt aufzunehmen. Die Familie des Mädchens würde er nur nach Absprache mit der Polizei besuchen, um ihnen nicht ins Handwerk zu pfuschen. Er wollte nicht gleich auftreten wie der Elefant im Porzellanladen.

Im alten Ortskern stieg er aus. Zum Polizeirevier waren es nur wenige Minuten Fußweg. Jan Kaiser saß hinter seinem Schreibtisch, als Lübbing eintrat, und schaute erstaunt hoch. „Lübbing, was willst du denn hier?"

„Nur mal nach dem Rechten schauen. Wie geht's denn so?"

Kaiser wurde sofort misstrauisch. „Sag mal, bist du wegen des vermissten Mädchens hier?"

Lübbing beschloss mit offenen Karten zu spielen: „Wegen des Mädchens und wegen der Blutspuren im Buchenbrink!"

Kaisers Gesicht bekam einen sturen Ausdruck. Er drehte sich zu seinem Computer und sagte über die Schulter: „Du kennst doch unsere Pressemeldungen, mehr gibt es dazu nicht zu sagen."

„Mensch, Jan, nun stell dich nicht so an. Du kennst mich doch. Solche Dinge sind normalerweise gar nicht mein Job, aber der zuständige Kollege ist erkrankt. Willst du, dass die Zeitung einen völlig Fremden schickt, der sich alles mögliche zusammenreimt. Ich würde jede Zeile, die ich schreibe, mit euch abstimmen. Das halbe Dorf weiß mittlerweile ohnehin über die Sache im Buchenbrink Bescheid. Flottmann hat in der Kneipe geplaudert."

Kaiser wandte sich wieder zu Lübbing. „Scheiße, Flottmann! Den zum Schweigen zu vergattern, haben wir glatt vergessen." Er zögerte noch einen Moment, dann gab er sich einen Ruck. „Also gut, was willst du wissen?"

„Gibt es konkret einen Zusammenhang zwischen der Sache im Buchenbrink und Oxana Weber?"

„Konkret werden wir das erst mit den Laborergebnissen wissen, die kommen im Laufe des Nachmittags herein. Aber es spricht alles dafür, dass es einen Zusammenhang gibt."

„Ich habe schon ihre Personenbeschreibung aus der Redaktion erhalten. Hast du mal das Foto da?"

Kommentarlos zog Kaiser eine Schublade auf und reichte ihm ein 10x15 Foto. Er schaute kurz darauf und blickte Kaiser verwundert an: „Soll das ein Scherz sein. Das ist ein Kind."

„Das ist Oxana Weber mit zwölf Jahren. Ein anderes Foto gibt es nicht." „Jan, sie ist jetzt fast 16, weißt du, wie sich Teenager in der Pubertät verändern?"

„Ja, aber ein anderes Foto gibt es nicht."

Lübbing gab es ihm zurück. „Was mache ich jetzt als nächstes?", dachte er. Keinen Schritt ohne Rücksprache mit Kaiser, das war klar.

„Drei Sachen. Erstens möchte ich die Familie besuchen. Ich möchte etwas mehr über die Person Oxana Weber wissen. Vorlieben, Abneigungen, Umfeld. Das könnte für die Suche wichtig sein, aber bevor ich irgendetwas redaktionell verwende, bekommt ihr es zu sehen. Zweitens würde ich gern Fotos vom Buchenbrink machen, und drittens will ich mit Werner Flottmann reden. Einverstanden?"

Kaiser schüttelte den Kopf: „Nein, jedenfalls nicht, bevor ich mit dem Leiter der Ermittlungen gesprochen habe. Ich möchte Rückendeckung haben. Warte hier."

Kaiser verschwand in dem Nebenraum.

Es dauerte geraume Zeit bis er wieder erschien. Er ging zum Telefon, nahm ab, wählte eine Nummer und hielt Lübbing den Hörer hin. Der schaute ihn verständnislos an. „Na, nimm schon. Warnecke, so heißt der zuständige Kollege, will mit dir sprechen." Lübbing nahm den Hörer. „Ja, hier Lübbing."

„Ja, und hier Warnecke", bellte es zurück. „Herr Lübbing, nun passen Sie mal auf. Normalerweise habe ich mit der Presse so viel am Hut wie Mick Jagger mit Techno. Aber mein Kollege Jan Kaiser hält Sie für einen korrekten Kerl, warum auch immer. Sie können die Familie aufsuchen, wenn diese mit ihrem Besuch einverstanden ist, aber nur in Begleitung eines unserer Beamten. Den Buchenbrink können Sie meinetwegen aus jeder Himmelsrichtung fotografieren. Nur den Zeugen Flottmann, den überlassen Sie erst noch mal mir. Haben wir uns verstanden."

„Ganz und gar, Herr Warnecke." Lübbing war nicht daran gelegen, ihn zu verärgern. Er gab Kaiser den Hörer zurück: „Danke, Jan."

Der winkte verlegen ab: „Schon gut. Aber ein ganz schön harter Hund, unser neuer Vorgesetzter, oder?"

„Ja, aber von Musik versteht er etwas."

*

Eine halbe Stunde später lagen Kaisers Nerven endgültig blank. Er hatte Lübbing den kleinen Finger gereicht, und der nahm gleich die ganze Hand. Jedenfalls kam es ihm so vor. Er hatte Schlattmann informiert, dass er Lübbing begleiten solle, denn ihm war an diesem Tag ein pünktlicher Feierabend ganz besonders wichtig. Dann bat Lübbing ihn, die Familie Weber anzurufen und seinen Besuch anzumelden. Es war ein schwieriges Gespräch. Zwar war der deutschsprechende Alexander am Apparat, der aber nahm immer wieder Rücksprache mit dem Familienoberhaupt im Hintergrund. Nach einigen Minuten war Kaiser schweißgebadet, aber die Familie Weber erwartete den Besuch von Lübbing und Schlattmann.

Dann insistierte Lübbing, dass Schlattmann in Zivil mitkommen solle, Uniformen schüfen immer eine Barriere. Kaiser wies Schlattmann entsprechend an. Schließlich rief das Labor aus Osnabrück an und teilte mit, dass die Ergebnisse der Untersuchungen erst am nächsten Morgen zur Verfügung stehen würden. Kaiser informierte Warnecke, der bekam einen Tobsuchtsanfall und ließ ihn an ihm aus. Als absoluter Clou des Ganzen stellte sich heraus, dass Schlattmanns Auto zur Inspektion in der Werkstatt stand und Lübbing mit dem Bus gekommen war. Und er blickt ihn auch noch vorwurfsvoll an: „Du weißt doch, dass ich keinen Führerschein habe."

„Immer noch nicht, Lübbing, wirklich immer noch nicht?" Er schüttelte nur ungläubig den Kopf und hob abwehrend die Hände, als Lübbing ihm antworten wollte. „Nein, nein, nicht jetzt, wir haben anderes zu tun. Ich werde euch fahren."

Er kannte Lübbing lange genug. Es war gefährlich, ihn auf Führerschein und Auto anzusprechen. Er konnte stundenlang über die Sinnlosigkeit moderner Verkehrsplanung und die Rücksichtslosigkeit der Autofahrer gegenüber Mitmenschen und Umwelt dozieren. Lübbing war sonst eher der sprachfaule Typ, der zwar gerne mal eine Pointe setzte, ansonsten wenig sagte, aber bei diesem Thema gingen immer die Pferde mit ihm durch.

15 Minuten später setzte er Lübbing und Schlattmann an der Pommerschen Straße ab. „Ruhe, endlich Ruhe", dachte er und wünschte alle Warneckes und Lübbings dieser Welt zum Teufel. Mit der Ruhe lag er allerdings daneben.

*

Es war wieder Alexander, der ihnen die Tür öffnete. Er führte sie ins Wohnzimmer. Dieses Mal waren nur die Eltern und die kleine Tochter anwesend. Fröhlich gab sie Schlattmann, den sie wiedererkannte, die Hand. Als die beiden Gäste sich setzten, kletterte sie ohne zu zögern auf seinen Schoß. Schlattmann war sichtlich verlegen.

Lübbing hatte sich vorgestellt und erklärte, warum er sie gerne sprechen wollte. Die Frau sagte nichts, Sohn und Vater gaben durch ein Nicken zu verstehen, dass er mit seinen Fragen beginnen solle.

„Wie würden Sie Ihre Tochter beschreiben, was für ein Mädchen ist sie?"

„Ein ganz normales, sittsames Mädchen. Gottesfürchtig. Sie hat uns schon viel Ehre gemacht. Sie ist bei ihren Freundinnen sehr beliebt."

„Gab es nicht mal Streit? Jugendliche im Alter Ihrer Tochter sind doch manchmal etwas schwierig."

„Nein, nie. Sie ist sehr folgsam."

Lübbing sah, wie die Frau ihrem Mann einen kurzen Blick zuwarf, ließ sich aber nichts anmerken. „Wie hat Ihre Tochter ihre Zukunft geplant?"

„Sie will die Schule beenden. Eine Lehre machen."

„Ist es früher schon einmal vorgekommen, dass ihre Tochter nicht nach Hause kam?"

Die Antwort kam zögernd. „Nein, nie."

„Hatte Ihre Tochter einen Freund?"

„Nein, sie ist ein ehrbares Mädchen."

Lübbing hatte langsam genug von diesem seltsamen Frage- und Antwortspiel, das von Alexander übersetzt wurde. Einzelne Wörter hatte Lübbing in den Antworten sogar verstanden. Die Aussprache des Mannes erinnerte an ein Deutsch vergangener Jahrhunderte, in das sich gelegentlich Akzente schwäbischer Mundart mischten.

Aber das Ganze wirkte wie ein abgekartetes Spiel. Der Vater führte klar Regie, Alexander war nur der Übersetzer. Lübbing hatte den Eindruck, hier sollte ein bestimmtes Bild von Oxana konstruiert werden. Er suchte den Blick Schlattmanns. Fast unmerklich schüttelte der abwehrend den Kopf.

„Könnte ich Oxanas Zimmer sehen?", bat Lübbing dann.

Alexander gab die Frage an seinen Vater weiter. Als der nur wie desinteressiert mit den Schultern zuckte, führte er Lübbing in das Zimmer seiner Schwester. Währenddessen wartete Schlattmann mit dem kleinen Mädchen auf dem Schoß. „Wie heißt denn die Süße hier?", wandte er sich an die Mutter.

Die Frau schaute ihn verständnislos an.

44

Er unternahm einen zweiten Anlauf. Er zeigt auf die Kleine: „Name, wie ist der Name?"

„Ah", die Frau strahlte über das ganze Gesicht, „Nellie, kleine Nellie."

Ein wütender Blick ihres Mannes strafte sie für ihre Ungeniertheit und ließ sie verstummen. Schlattmann tat so, als hätte er es nicht bemerkt. Er stupste der Kleinen vor die Brust: „Nellie, hallo Nellie."

Die Kleine gluckste vor Freude. Schlattmann drehte den Zeigefinger zu sich und teilte ihr mit: „Ingo. Ich heiße Ingo." Das Mädchen nahm seine Hand und drehte seinen ausgestreckten Finger wieder zu sich, tippte sich damit vor die Brust und kreischte vor Vergnügen.

Als Lübbing mit dem Sohn zurückkam, verabschiedeten sie sich schnell und gingen zur Tür.

„Ingo", ertönte plötzlich eine helle Kinderstimme. „Ingo, Ingo." Schlattmann drehte sich um. In der Wohnzimmertür stand Nellie und winkte. Zu seinem eigenen Erstaunen freute er sich riesig.

Vor dem Haus blieben sie zunächst etwas unschlüssig stehen.

„Seltsame Familie", stellte Lübbing fest. „Da hat anscheinend keiner eine Meinung, außer dem Vater. Und dann die Ausdrücke, *sittsam, ehrbar, gottesfürchtig*. Jeder kann und soll ja selbst entscheiden, was ihm wichtig ist, aber diese Ausdrücke benutzt man doch heute nur noch in Gottesdiensten."

„Ihr Deutsch ist doch ganz anders geprägt als unseres. Vielleicht liegt es daran", gab Schlattmann zu bedenken.

„Quatsch. Schließlich hat der Junge übersetzt und der spricht genauso gut Deutsch wie wir. Ich glaube, der Vater hat es wirklich so gemeint. Scheint sowieso ein Patriarch und Asket ersten Ranges zu sein. Du hättest mal das Zimmer von dem Mädchen sehen sollen!"

„Hab ich schon. Ich fand, das war eigentlich ein ganz normales Mädchenzimmer."

„Mich hat das mehr an eine Klosterzelle erinnert."

Schlattmann lachte auf: „Eine Klosterzelle mit den *No Angels* an der Wand!"

Lübbing blickte ihn betroffen an: „Was erzählst du da?"

„Ja, die *No Angels*, diese Mädchenband, und daneben ein Poster von diesem populären Jungspund, Daniel soundso."

„Das Zimmer, das ich gesehen habe, war fast kahl. Ein Bett, ein Schrank, ein paar Familienbilder, ein Frisiertisch. Das war's."

Schlattmann schaute ungläubig: „Und die Plüschtiere, die ganzen Glasschneekugeln auf der Fensterbank, das Poesiealbum?"

„Das gibt's doch nicht!", erwiderte Lübbing. „Komm mit!"

Er drehte sich um, lief zurück ins Haus und stürmte die Treppen hoch. Auf ihr Klingeln wurde fast augenblicklich geöffnet. Wieder Alexander.

„Bist du so freundlich und kommst mal mit raus ins Treppenhaus", bat ihn Lübbing.

Alexander zog die Wohnungstür bis auf einen Spalt zu und trat ein paar Schritte vor.

Lübbing sprach gedämpft, aber Klartext: „So, jetzt hör mir mal gut zu. Verarschen kann ich mich alleine. Was treibt ihr für ein Spiel? Wie sollen wir helfen, wenn ihr uns ein Schwesterchen präsentiert, das es in der Realität überhaupt nicht gibt? Kannst du mir folgen?"

„Ich spreche genauso gut deutsch wie Sie", protestierte Alexander.

„Na, prima! Wo können wir uns noch heute treffen? Versuch gar nicht erst Nein zu sagen, dann kann deine Familie eure Lügengeschichten morgen in der Zeitung lesen."

Alexander wurde bleich.

„Also", forderte Lübbing , „wo und wann?"

„In einer halben Stunde, hier in der Wohnung. Meine Eltern sind dann zur Bibelstunde."

„Gut, aber noch etwas, Alexander. Such doch bitte ein neueres Foto deiner Schwester heraus!"

„Das war vielleicht ein Ding", staunte Schlattmann, als sie wieder auf der Straße waren.

„Das war kein Ding", erwiderte Lübbing aufgeräumt. „Das war die Macht der freien Presse."

*

Jan Kaiser hatte sich auf der Fahrt nach Hause entspannt. Er freute sich auf den Abend. Er würde mit Ursula Abendbrot essen und dann in seinen Werkkeller gehen. Hier baute er seit Wochen eine Wiege für sein Enkelkind. Er hatte schon immer gern mit Holz gearbeitet und dies sollte sein Meisterstück werden. Sie war fast fertig, nur noch einige Korrekturen mit der Handkreissäge und dann das Abschleifen und Lackieren. Nach der Tagesschau verschwand er im Keller. Um 20Uhr40 hörte seine Frau ihn schreien.

7

Lübbing und Schlattmann standen an einer Hausecke und beobachteten, wie sich das Ehepaar Weber auf den Weg zur Bibelstunde machte. Sie warteten noch einige Minuten, dann betraten sie wieder das Haus an der Pommerschen Straße. Alexander Weber öffnete auf ihr Klingeln.

Im Wohnzimmer nahm Lübbing die Befragung auf: „Wie alt bist du, Alexander?"

„Neunzehn."

„Und dann hast du nicht die Kraft, dich gegen deinen Vater durchzusetzen und tanzt nach seiner Pfeife?"

Alexander schlug die Augen nieder, antwortete aber nicht.

„Also, was ist mit deiner Schwester? Wieso versucht ihr, sie uns als Jungfrau von Orléans zu verkaufen? Was habt ihr mit den Postern gemacht, die gestern noch an den Wänden in ihrem Zimmer hingen?"

„Es ist schwierig...." Alexander brach den begonnenen Satz ab.

„Was ist schwierig?"

„Ich bin meinen Eltern zu Dank verpflichtet."

„Natürlich ist man seinen Eltern immer in einer gewissen Weise zu Dank verpflichtet. Wenn man aber der Überzeugung ist, dass jemand etwas falsch macht, muss man sich mit ihm auseinandersetzen, gerade weil man ihm für andere Dinge dankbar ist."

„Was rede ich hier eigentlich?", dachte Lübbing bei sich. „Meine eigene Auseinandersetzung mit Problemen besteht nur zu oft in höherem Alkoholkonsum, und jetzt spiele ich hier den einfühlsamen Pädagogen."

Alexander schwieg weiter.

„Mit Oxana gibt es anscheinend Probleme. Wenn ihr nicht aufpasst, wird es mit der kleinen Nellie genauso kommen. Warum erzählst du uns nicht, was los ist? Wir brauchen wenigstens eine Ahnung, wie und wo wir sie suchen sollen."

Bei der Erwähnung seiner kleinen Schwester hatte Alexander endlich eine Reaktion gezeigt. Nun blickte er erst Schlattmann und dann Lübbing an, und seufzte: „Also gut. Aber dann erzähle ich die Geschichte auch von Anfang an."

„Wir haben Zeit."

„Vor neun Jahren sind wir aus Pawlodar in Kasachstan gekommen. Ich war damals zehn und Oxana sechs. Meinen Eltern ist es sehr schwer gefallen, nach Deutschland zu gehen. Sie waren fest in der Baptistengemeinde verwurzelt. Letztendlich gab aber den Ausschlag, dass immer mehr Freunde wegzogen und vor allem wir Kinder eine bessere Zukunft haben sollten. Als wir in Belm angekommen sind, stellten meine Eltern erfreut fest, dass es hier viele andere Immigranten aus Kasachstan gab und dass viele auch ihren Glauben teilten . Für sie änderte sich also nicht viel, nur dass es ihnen materiell viel besser ging. So konnten sie mich besser unterstützen. Schulbesuch, das Studium, das ich nun beginne, alles habe ich ihnen zu verdanken. Mein Vater sagte immer, wenn ich in diesem Land einmal eine Familie gründen will, muss ich mich den Gegebenheiten anpassen. Sein Standardspruch ist: Das Wissen ist in diesem Land der wahre Reichtum. Nur wer viel weiß, wird auch viel verdienen und seiner Familie zur Ehre gereichen."

Lübbing unterbrach: „Das klingt doch alles ganz vernünftig."

„Ja, aber das ist nur die eine Seite der Geschichte. Meine Eltern selbst nahmen dieses Land, in dem sie nun lebten, überhaupt nicht richtig zur Kenntnis. Ich sollte hier groß werden und eine Familie gründen. Sie selbst lebten fast wie in Kasachstan weiter. Mein Vater war bald wieder ein wichtiges Mitglied der Kirchengemeinde und meine Mutter geht nach wie vor drei Schritte hinter ihm. Mein Vater wurde im Laufe der Zeit in seinem Gebaren und seinem Glauben immer fundamentalistischer, und meine Schwester bekam das umso stärker zu spüren, je älter sie wurde. Für meinen Vater sind Frauen dazu da, dem Mann vernünftig den Haushalt zu führen und viele Kinder zu gebären. Oxana durfte nichts. Während ihre deutschen Schulkameradinnen und die Töchter liberalerer Immigranten Geburtstagspartys feierten oder zusammen Nachmittagsdiscos besuchten, saß sie allein zu Hause."

„Aber ihr Zimmer, wie ich es gesehen habe, das sah doch aus, als lebte sie ein ganz normales Leben", wandte Schlattmann ein.

„Das war ein ewiges Spiel: Oxana hängte sich Poster an die Wand, er riss sie wieder ab. Und sie begann von neuem. Aber an dem Tag hat er in der Aufregung um ihr Verschwinden seine Aufgabe, wie er es nennt, ganz vergessen. Die Sachen, die ihr besonders wichtig waren, hat Oxana übrigens immer mitgenommen, wenn sie das Haus verließ."

„Und die „No Angels" Eintrittskarte?", hakte Schlattmann nach.

„Es war eine Klassenfahrt zum Konzert nach Münster. Sie hat es uns verschwiegen, nur Mutter wusste es, hat es aber nicht verraten. Vater hat es trotzdem herausbekommen. Er hat beide, Mutter und Oxana, grün und blau geschlagen und meine Schwester als Hure beschimpft. Sie musste sich wegen der Blutergüsse am Körper und im Gesicht in der Schule einige Tage krank melden."

„Sie will doch im nächsten Jahr eine Lehre beginnen, dazu braucht sie den Hauptschulabschluss. Packt sie das unter diesen Umständen überhaupt?", wollte Lübbing wissen.

„Bis vor einem halben Jahr hätte ich das mit Ja beantwortet. Aber dann kam der endgültige Bruch mit Vater. Die Situation eskalierte noch mehr. Seitdem gibt es die Oxana von früher nicht mehr." Ihm standen Tränen in den Augen.

„Was ist passiert?", fragte nun Schlattmann.

„Er hat ihr eines Tages erklärt, dass er sie nur in die Lehre gehen ließe, weil sie dann bis zum achtzehnten Lebensjahr Geld für die Familie mitbringen würde. Dann würde er dafür sorgen, dass sie den passenden Mann bekäme."

„Und?" Lübbing sagte nur dieses eine Wort.

„Oxana ist völlig durchgedreht. Er hat sie wieder mal geschlagen. Diesmal ist sie zum Jugendamt gegangen."

„Vernünftig", nickte Lübbing bekräftigend.

Alexander schaute ihn traurig an: „Vernünftig nur auf dem Papier. Es kam dann jemand vorbei. Mein Vater hat sogar zugegeben, dass er zugeschlagen habe. Aber er sei mit den Nerven am Ende gewesen, weil Oxana zu spät nach Haus gekommen sei. Danach war die Sache offensichtlich erledigt, jedenfalls kam nie wieder jemand zu uns."

„Und dann wurde alles noch schlimmer?"

„Ja und nein. Er hielt sich jetzt mit seinen verbalen und körperlichen Gewalttätigkeiten zurück, aber jetzt war Oxana völlig durchgeknallt. Sie ging und kam, wann sie wollte, fing an, sich übertrieben zu schminken und kam auch schon mal angetrunken von irgendeiner Party wieder. Geld hatte sie seltsamerweise immer. Sobald er aber wieder hart durchgreifen wollte, drohte sie ihm mit einer Anzeige. Das Ganze gipfelte darin, dass sie ihm erklärte, Jungfrau sei sie auch nicht mehr und wenn er sie nicht tun ließe, was sie wolle, würde sie erklären, dass er sie vergewaltigt hätte."

Lübbing atmete aus: „Starker Tobak."

„Ja", pflichtete Alexander ihm bei. „Oxana war nicht mehr sie selbst. Sie kam nur noch zum Schlafen nach Hause und das auch immer seltener. Kapselte sich völlig ab, nur mit der kleinen Nellie beschäftigte sie sich noch manchmal. Irgendwie kommt sie gar nicht mehr zurecht. Zwar lässt sie sich nichts mehr von meinem Vater gefallen, aber zufrieden ist sie nicht. Im Gegenteil. Sie hat überhaupt keinen Halt mehr. Mich wundert eigentlich, dass die Schule sich noch nicht gemeldet hat, da kann sie im letzten halben Jahr nicht sehr oft gewesen sein."

„Was glaubst du, wo sie ist", fragte wieder Schlattmann.

„Keine Ahnung. Ihre letzte Clique, die wechselt sie auch immer häufiger, kenne ich so gut wie überhaupt nicht. Ich glaube, sie weiß selbst nicht mehr, wo sie hingehört. Ich ... ich habe große Angst um sie."

„Warum?"

„Vor ein paar Wochen versuchte ich, mit ihr zu sprechen. Sie nannte mich höhnisch einen Musterknaben, der sich besser um seine Zensuren kümmern solle. Sie habe sich nun genug treten lassen, und jetzt würde sie noch einmal alles so richtig mitnehmen. Ich kann verstehen, dass sie mich verachtet. In den ganzen Jahren habe ich nur zugesehen, wie sie kaputtgemacht wurde." Alexander fing an zu weinen.

„Du hast Angst, sie bringt sich um?"

Der junge Mann schniefte: „Große Angst. So kann es doch nicht weitergehen."

In stillem Einverständnis ließen sie ihn beide in Ruhe, während die Tränen flossen. Lübbing kannte es von sich selbst, manchmal gab es nichts Besseres als Rotz und Wasser zu heulen.

Erst als er sich beruhigt hatte, streckte Lübbing ihm seine Hand entgegen: „Das Bild."

Alexander gab es ihm: „Sie hat es heimlich vor neun Monaten bei einer Freundin aufgenommen und Nellie geschenkt. Vater wusste nichts davon."

Das Foto zeigte ein schönes schlankes Mädchen, dem man ansah, das es allmählich zur Frau wurde. Lange brünette Haare, zu einem Zopf gebunden, vorne ein kecker Pony. Sie hatte smaragdgrüne Augen und trug ein Halsband von der gleichen Farbe. Dazu eine schlichte weiße Bluse und Jeans. Lübbing meinte, in ihren Augen und in ihrem Lächeln einen Anflug von Traurigkeit zu sehen.

„Du alter Melancholiker", dachte er, „interpretier da mal bloß nichts rein, das kommt nur von der traurigen Geschichte, die wir gerade gehört haben." Aber er glaubte, dass er sie mögen würde.

Er schaute Alexander an. „Danke", sagte er, und nach einer Pause: „Du solltest hier ausziehen."

Alexander lächelte gequält: „Ich kann nicht. Wegen Mutter und Nellie."

„Nimm sie mit", schlug nun Schlattmann vor.

Ausweglosigkeit und Trauer spiegelten sich in seinem Gesicht, als er antwortete: „Das würde Mutter nicht mitmachen. Eine Baptistin aus Kasachstan verlässt ihren Mann niemals." Er begleitete sie zur Tür.

Als sie ins Treppenhaus traten, drehte Lübbing sich noch einmal um. „Was willst du eigentlich studieren?"

„Publizistik und Verlagswesen", antwortete er ein wenig verlegen.

„Du wirst ein guter Journalist werden, weil du ehrlich bist", stellte Lübbing nüchtern fest.

*

Sie waren beide froh, wieder draußen in der schon etwas kühlen, aber erfrischenden Abendluft zu sein. „Erschütternd", meinte Schlattmann, „wie kann ein Mensch so mit der eigenen Familie umgehen?"

„Dummheit, Ignoranz, Vorurteile, machohafte Verhaltensmuster, Lust an Machtausübung. Ich könnte dir tausend Gründe aufzählen. Glaub nicht, dass das nur in kasachischen Familien passiert. Auch in unserer angeblich so aufgeklärten und liberalen Gesellschaft gibt es solche Familienverhältnisse."

Schlattmann schaute ihn verwundert von der Seite an. Der Mann hatte ihm soeben einen kleinen Einblick in seine tieferen Überzeugungen gegeben.

„Lassen wir es für heute", fuhr Lübbing fort und schüttelte den Kopf, als ob er sich von etwas befreien müsse. „Was würdest du von einem kleinen Marsch zur nächsten Kneipe und einem kühlen Getränk halten? Das neue Foto von Oxana brauche ich heute sowieso nicht mehr zur Redaktion zu bringen, ist zu spät."

„Gebongt, aber lass mich vorher noch Kaiser anrufen, der will wichtige Neuigkeiten immer sofort wissen." Er holte sein Handy aus der Tasche und wählte Kaisers Nummer. Lübbing wartete. Dann sah er, wie Schlattmann sich versteifte.

„Dirk, du? Habe ich mich verwählt?" Schlattmann horchte angespannt ins Telefon, dann rief er hinein: „Das gibt es doch nicht. Sag, dass das nicht wahr ist."

Wieder eine Pause.

„Schlimm? ... Gott sei Dank. ... Ja, ich bin morgen früher auf dem Revier, damit wir den Dienst neu aufteilen können. ... Ja, sicher müssen wir ihn besuchen. Aber das kann doch alles morgen besprochen werden", beendete Schlattmann das Gespräch.

Lübbing sah ihn gespannt an: „Was ist passiert?"

„Das war Kollege Wenzel. Er ist im Haus von Jan. Kaiser liegt im Krankenhaus. Ein Unfall."

„Wie ernst ist es?"

„Sehr ernst, aber nicht lebensbedrohlich."

„Mensch", protestierte Lübbing, „nun sag schon, was ist passiert?"

Schlattmann verzog das Gesicht – um laut loszuprusten: „Der erfahrene Polizeibeamte und versierte Hobbyhandwerker Jan Kaiser hat es fertiggebracht, sich beim Bau einer Wiege für seine gerade geborene Enkeltochter mit der Handkreissäge die eigene rechte Arschbacke aufzureißen."

Lübbing begriff erst nicht, dann stimmte er in das Gelächter ein. Sie lachten bis das Zwerchfell schmerzte. Schließlich sagte Schlattmann nach Atem ringend: „Schadenfreude ist doch die schönste Freude."

„Stimmt", gab Lübbing zu, „aber sind wir deshalb schlechte Menschen?"

Er schlug Schlattmann auf die Schulter: „Wir trinken noch ein zusätzliches Bier auf Kaisers Genesung und morgen fahren wir ihn besuchen. Du bist ein netter Kerl Ingo, und jetzt bleiben wir beim Du, ich komm sowieso immer durcheinander."

Gemütlich schlenderten sie in Richtung Kneipe.

„Weiß du, Ingo" sagte Lübbing plötzlich, „wenn ich jetzt so an Jan im Krankenhaus denke, fällt mir Albert Einstein ein."

„Wieso", fragte Schlattmann erstaunt.

„Relativitätstheorie. Jan hat relativ viel Pech gehabt, aber jetzt liegt er auch relativ nahe bei seiner Enkeltochter."

Sie lachten, bis sie die Kneipe erreicht hatten.

8

Lübbing wachte am nächsten Morgen später auf als gewöhnlich. Er hatte lange mit Ingo zusammen gesessen. „Ein wirklich netter Kerl", dachte er. Sie hatten über alles Mögliche geredet, wobei Lübbing, wie immer wenn es um Persönliches ging, zurückhaltender war als Schlattmann. Nachdem das Eis zwischen ihnen gebrochen war, redete der munter drauflos. Erzählte von seiner Kindheit, seinem Faible für Leichtathletik, er war irgendwann mal im Finale der Landesjugendmeisterschaften im Hürdenlauf gewesen. Auf die Frage, warum er Polizist geworden sei, antwortete er schlicht: „Das wollte ich immer schon."

Natürlich kam er auch auf sein Hobby, die Buddelschiffe, zu sprechen. Lübbing schaute ihn amüsiert an: „Ich dachte das wäre etwas für alte Seebären und nicht für dynamische, junge Gesetzeshüter". Aber in dieser Sache verstand Schlattmann keinen Spaß. Er klärte ihn ganz ernsthaft auf: „Erstens, bevor ich so ein Schiff nachbaue, natürlich maßstabsgetreu, beschäftige ich mich auch mit seiner Geschichte. Zweitens, man muss mit sehr viel Finesse vorgehen, das fördert das Fingerspitzengefühl ganz enorm, und drittens kann ich wunderbar dabei abschalten. Manches Mal denke ich an ganz andere Dinge, während das Schiff entsteht." Lübbing hatte ihm versprechen müssen, demnächst vorbeizukommen, um sich seine Sammlung anzuschauen.

Beim morgendlichen Kaffee überlegte er, wie er den Tag angehen solle. Er beschloss, zunächst den Buchenbrink in Belm zu fotografieren, dann würde er mit dem Film und dem Foto von Oxana in die Redaktion fahren, um es dort einzuscannen und dem Polizeirevier zu übermitteln. Schließlich stand noch ein Besuch bei Jan Kaiser im Krankenhaus an, nachmittags wollte er Ingo auf der Dienststelle besuchen, um Neuigkeiten zu erfahren. Dann müsste auch das Laborergebnis vorliegen.

Eine halbe Stunde später machte er sich auf den Weg. Etwas ratlos stand Lübbing vor dem Buchenbrink. „Eigentlich kein Motiv", dachte er. „Das ist ein Waldstück wie jedes andere." Da ihm aber nichts Besseres einfiel, fotografierte er die Bäume, dann das prä-historische Grab und dahinter das Gebüsch, das nach den Schilderungen Schlattmanns wohl der Fundort war.

*

In der Redaktion war Ressortleiter Schwalbach froh, endlich das erste Material zu bekommen. Lübbing wies ihn darauf hin, dass Oxanas Foto noch an die Polizei übermittelt werden musste. Natürlich musste er auch berichten, wie er das neue Foto bekommen hatte.

„Gute Arbeit", lobte Schwalbach. „Sie scheinen Einfühlungsvermögen zu haben und auch einen guten Draht zur örtlichen Polizei. Für die morgige Ausgabe reicht noch das Foto mit Personenbeschreibung, aber dann brauche ich Text, das geht doch klar?"

„Ich werde mich bemühen."

„Nicht nur bemühen, Lübbing, liefern! Das ist hier nicht die gemütliche Redaktion Sondervorhaben, wir leben von der Aktualität", erklärte Schwalbach süffisant.

Damit war er entlassen.

„Schnösel", dachte Lübbing bei sich. „Die Redaktion Sondervorhaben verdient mit ihren Themen und den daraus resultierenden Anzeigen auch dein Gehalt."

Was war denn das? Jetzt fing er schon an, die Abteilung in Gedanken zu verteidigen, als wäre er festes Redaktionsmitglied. „Vorsicht, Lübbing, Vorsicht, deine Unabhängigkeit!", war sein nächster Gedanke.

*

Lübbing klopfte, öffnete die Tür und schaute in das Zimmer des Ostercappelner Krankenhauses. Kaiser schaute ihm erstaunt entgegen.

„Mensch, was willst du denn hier. Kann man nicht mal im Krankenhaus seine Ruhe haben?" Aber man merkte Kaiser an, dass er doch erfreut war.

„Na ja, ich hatte gerade nichts zu tun. Reg dich nicht auf, das hier ist ein ganz normaler Krankenbesuch und absolut privat."

„Wer es glaubt, wird selig", knurrte Kaiser.

Lübbing schloss die Tür, nahm sich einen Stuhl und setzte sich an das Bett.

„Ach, du betreibst gerade Fortbildung", bemerkte er. Über den Bildschirm des Fernsehers, der etwas höher an der Wand installiert war, lief nämlich gerade eine dieser unsäglichen Gerichtsserien.

„Werde bloß nicht komisch! Hier fällt einem doch die Decke auf den Kopf." Er lag auf der Seite, versuchte nun, sich etwas mehr auf den Rücken zu drehen, und verzog schmerzlich das Gesicht.

Lübbing grinste: „Hast du es im Rücken?"

„Nein, aber einen sechs Zentimeter langen Schnitt am Arsch", kam prompt die Antwort.

„Dein Kollege Dirk hat mir gesagt, du hättest viel Glück gehabt. Wie ist es denn passiert?", fragte Lübbing nun ganz ernst.

„Das darf ich eigentlich gar nicht erzählen, so blöd bin ich gewesen. Ich baue eine Wiege für meine Enkeltochter und hatte oben drauf ein Schalbrett als Ablage gelegt. Dann wollte ich noch eine Kleinigkeit an den Kufen korrigieren. Dabei habe ich die Wiege wohl zu sehr bewegt, die Kreissäge fiel von der Ablage, sprang dabei an, obwohl es eigentlich eine Sicherung dagegen gibt – und ratsch."

„Sag mal Kaiser, warum suchst du dir nicht ein ungefährlicheres Hobby, zum Beispiel wie Schlattmann mit seinen Buddelschiffen."

Kaiser staunte: „Schlattmann baut Buddelschiffe?"

Lübbing nickte.

„Ihr kommt wohl gut miteinander aus?"

„Er ist ein feiner Kerl."

„Das ist er", stellte Kaiser fest, „und ein guter Polizist. Er hat es nur noch nicht gemerkt. Ein bisschen mehr Selbstbewusstsein würde ihm guttun. – Gibt es eigentlich Neuigkeiten in dem Fall?"

Lübbing berichtete ausführlich über ihren zweiten Besuch bei der Familie Weber, die Aussagen des Sohnes Alexander, das veränderte Zimmer und das aktuelle Bild, über das sie nun verfügten.

„Das darf doch nicht wahr sein!", stöhnte Kaiser auf. „Und ich liege hier herum. Ihr haltet mich aber auf dem Laufenden."

Wieder grinste Lübbing: „Auf dem Laufenden ist in deinem Zustand wohl nicht der richtige Ausdruck."

„Raus!"

Lübbing verzog sich tatsächlich und Kaiser wandte sich wieder der Fernsehsendung zu. Er hatte es Lübbing nicht gesagt, aber die Gerichtssendungen amüsierten ihn immer wieder. Unsäglich schlechte Schauspieler, und noch schlechter konstruierte Fälle. Für ihn waren es die schönsten Realsatiren. Nach fünf Minuten wurde er erneut von einem Klopfen an der Tür gestört. Noch einmal betrat Lübbing das Zimmer.

„Was ist denn jetzt noch?"

Er hielt einen Blumenstrauß in der Hand. „Der ist für deine Frau und einen herzlichen Glückwunsch dazu."

Kaiser wurde verlegen: „Das wäre doch nicht nötig gewesen."

„Oh doch. Ich kann mir vorstellen, was sie in den nächsten Tagen mitmachen muss, wenn du zu Hause flachliegst. Da sollen diese Blumen ein bisschen Freude in ihren tristen Alltag bringen. Und tschüss." Lübbing verließ schnellstens das Zimmer.

*

Als er die Polizeidienststelle betrat, bemerkte er sofort die schlechte Stimmung. Schlattmanns Gesicht zeigte Betroffenheit, auch die anderen Kollegen wirkten bedrückt. An Kaisers Schreibtisch brütete ein Mann über einer Akte. Dass musste wohl Warnecke sein.

Lübbing grüßte.

Die Beamten, die ihn kannten, nickten ihm zu. Der Mann am Schreibtisch hob den Kopf und blickte ihn an.

„Herr Warnecke?"

„Richtig, und Sie sind Lübbing, nehme ich an."

Er nickte.

„Vielen Dank für Ihre Hilfe bei den Webers."

„Keine Ursache", winkte Lübbing ab. „Darf ich fragen, warum hier eine derartige Grabesstimmung herrscht."

„Der Laborbericht ist gekommen."

„Und?"

Warnecke überlegte einen Augenblick, dann gab er Lübbing die Akte. „Am besten Sie lesen selbst."

Lübbing setzte sich und studierte die eng beschriebenen Seiten. Es war niederschmetternd.

Die Haarproben aus dem Waldstück waren, vorbehaltlich einer Gegenprobe, identisch mit denen von Oxanas Kamm und Haarspange. Die Blutanalyse hatte ergeben, dass es sich um menschliches Blut, Gruppe A, Rhesus positiv, handelte. Das Entscheidende waren zwei weitere Erkenntnisse. An dem untersuchten Felsbrocken waren nicht nur Blutspuren, sondern auch Absplitterungen von Schädelknochen gefunden worden. Der Gerichtsmediziner folgerte daraus, dass die betreffende Person mit großer Wucht auf den Stein aufgeprallt sein musste. Eine Wucht, die bei einem normalen Sturz nicht sehr wahrscheinlich war. Zum Schluss hieß es lapidar: „An dem sichergestellten Erdreich aus der unmittelbaren Umgebung des Felsbrockens wurden Spermaspuren festgestellt." Ganz unten war noch hinzugefügt: „Die Untersuchung des Schuhs hat keine relevanten Erkenntnisse gegeben. Anbei zurück."

Lübbing starrte verstört Warnecke an. Der zuckte hilflos mit den Schultern: „Wir müssen jetzt von einem Verbrechen ausgehen. Der Schuh muss allerdings noch identifiziert werden, und wir brauchen die Blutgruppe des Mädchens. Schlattmann, das übernehmen Sie – und Lübbing, ich würde Sie bitten mitzugehen. Sie beide sind der Familie bekannt, und zumindest dieser Alexander hat ein gewisses Vertrauen zu Ihnen, wie ich hörte."

Schlattmann unternahm noch einen hilflosen Versuch, die schrecklichen Erkenntnisse abzuwehren: „Und was ist, wenn mehrere Zufälle zusammenspielen, sie den Schuh beim Sturz im Wald nur verloren hat und sich jetzt aus irgendeinem Grund nicht nach Hause traut."

„Nun setzen Sie aber mal Ihre Gehirnzellen ein! Das passt fast alles zusammen. Das müssen Sie doch sehen! Ich bin der Überzeugung, das ist ihr Schuh. Und ich wette, sie hat auch die identische Blutgruppe. Sie fahren da jetzt hin und klären das, basta."

Schlattmann schaute Lübbing an und verließ dann sichtlich geknickt den Raum. Lübbing drehte sich zu Warnecke um.

„Ist noch was, Lübbing?"

„In der Tat. Sie sind so sensibel wie ein Nilpferd. Sehen Sie nicht, dass der Junge völlig fertig ist. Kommen Sie doch mit zu der Familie. Aber nein, der große Chef drückt sich."

Warnecke wurde rot und wollte losbrüllen, besann sich dann aber anders. „Mir geht das auch an die Nieren. Jeder verarbeitet so etwas anders. Und ich schicke wirklich nur deshalb Sie beide zu den Webers, weil Sie dort bekannt sind."

Als er den Raum verlassen wollte, sagte Warnecke in seinem Rücken: „Ich werde mich nachher bei ihm entschuldigen. Ist das okay?"

Ohne sich umzudrehen, nickte Lübbing.

*

Am Abend hatte er zunächst nur noch das Bedürfnis, sich zu betrinken. Ihr Besuch bei Familie Weber war ihm wirklich an die Substanz gegangen. Als die Angehörigen realisierten, was wahrscheinlich geschehen war, den Schuh sahen und nach Oxanas Blutgruppe gefragt wurden, gab es kein Halten mehr. Als einziger nahm es Alexander einigermaßen gefasst auf. Während er noch übersetzte, schlug Oxanas Mutter die Hände über dem Kopf zusammen und schrie ihren Schmerz laut heraus. Lübbing kannte diese archaische Art von Trauer bisher nur aus dem Fernsehen, aus der Distanz. Er und auch Schlattmann standen diesem Ausbruch völlig hilflos gegenüber. Aber sie waren im Augenblick sowieso nur Statisten. Der Vater starrte zunächst auf die Tischplatte, dann schrie er seine Frau an, die es aber überhaupt nicht wahrnahm. Alexander schrie seinen Vater an. Zu allem Überfluss fing auch noch die völlig verängstigte kleine Nellie an zu weinen.

Lübbing trat auf Alexander zu, berührte ihn an der Schulter und nickte mit dem Kopf in Richtung der Kleinen. Der junge Mann nahm sie auf den Arm und ging mit ihr in Oxanas Zimmer. Der Familienvorstand war mittlerweile aufgesprungen und stand drohend seiner Frau gegenüber, Schlattmann drängte sich dazwischen. Für diesen Besuch hatte er seine Uniform anbehalten, sie verlieh ihm genügend Autorität, um den Mann zurückweichen zu lassen. Kurz darauf klingelte es, er ging hinaus, um die Tür zu öffnen und kam mit mehreren Frauen zurück ins Wohnzimmer. Nachdem sie kurz mit der Mutter gesprochen hatten, stimmten nun alle Frauen gemeinsam einen heulenden Klagegesang an. Lübbing konnte nicht mehr. Er verließ fluchtartig den Raum und ging zu Alexander. Der junge Mann wiegte weinend seine kleine Schwester im Arm.

„Alexander, bist du wirklich sicher, dass es Oxanas Schuh ist."

„Absolut, sie hat das Paar erst vor ein paar Wochen gekauft und stolz Nellie gezeigt."

Lübbing holte tief Luft: „Ich brauche jetzt Oxanas Blutgruppe. Habt ihr darüber irgendwelche Unterlagen."

Wortlos übergab Alexander ihm das Kind, verließ kurz den Raum und kam mit einem Krankenblatt zurück.

„Das war irgendeine Untersuchung, unten links steht die Blutgruppe."

Lübbing genügte ein Blick. Identisch.

„Darf ich das mitnehmen?", fragte er bedrückt.

Alexander nickte nur, fragte nicht einmal mehr nach, ob die Angaben mit den Laborergebnissen übereinstimmten.

Die Situation im Wohnzimmer hatte sich inzwischen einigermaßen beruhigt. Die Nachbarinnen hatten sich um Oxanas Mutter geschart, aber der Vater war verschwunden.

Lübbing schaute Schlattmann fragend an.

„Weg", sagte er nur.

„Komm, das gilt auch für uns."

Vor der Tür verabschiedete sich Schlattmann und Lübbing ging zur Bushaltestelle. Er schaute auf die Uhr, 19Uhr30, und überlegte kurz. Dann tippte er eine Nummer in sein Handy.

„Schwalbach", meldete sich der Ressortleiter der Tageszeitung.

Lübbing berichtete von den bisherigen Erkenntnissen und erbot sich, noch in die Redaktion zu kommen, um noch für die morgige Ausgabe etwas darüber zu schreiben.

„Wann können Sie hier sein?"

„Zwanzig Minuten und dann brauche ich noch eine Stunde für den Text."

„Das können wir gerade noch schaffen, ich rede mit dem Chef vom Dienst, wir gehen mit dieser Seite einfach später in Druck. Ihre Fotos liegen auch entwickelt vor. Gute Arbeit!"

„Du kannst mich mal", dachte Lübbing in diesem Moment voller Wut auf alles und jeden.

Also fuhr er in die Redaktion, etwas stolz sogar. Er hatte sich für seine Arbeit entschieden, anstatt für die Kneipe.

„Aber morgen Abend ist bestimmt Tequila-Nacht", nahm er sich fest vor, als er durch den Haupteingang des Verlages schritt.

9

Am nächsten Morgen bedauerte Lübbing es, die Tageszeitung nicht abonniert zu haben. Normalerweise nahm er sich nur hin und wieder die Exemplare aus der Redaktion mit, in denen seine Beiträge standen, um seine Honorare auszurechnen. Aber sein heutiger Artikel im Lokalteil hätte ihn schon interessiert. Also konzentrierte er sich ganz auf sein heute sehr üppiges Frühstück, als das Telefon klingelte.

Er hörte Helens muntere Stimme: „Hallo, du Starreporter, störe ich dich?"

„Ich beende gerade mein englisches Frühstück."

„Englisches Frühstück! Was ist mit deiner Figur?" Helen hatte gut reden. Sie futterte wie ein Elefant und nahm nie ein Gramm zu.

„Das Gewicht ist mir heute egal. Ich musste mich belohnen", knurrte Lübbing.

„Das darfst du auch. Dein Bericht in der Tageszeitung ist gut, nicht die üblichen sensationsheischenden Spekulationen."

„Seit wann hast du denn die Tageszeitung abonniert", fragte er erstaunt.

„Habe ich nicht. Aber mein Nachbar ist ein Ekelpaket, so eine Art Blockwart, und deshalb klaue ich ihm hin und wieder die Zeitung", erklärte Helen leichthin. Dann wurde sie ernst. „Aus deinem Bericht klingt echte Betroffenheit heraus. Willst du darüber reden. Wir können uns gern treffen."

„Ich danke dir. Irgendwann sicher mal. Aber die Geschichte hat gerade erst angefangen. Und für heute Abend habe ich mich fest für ein Besäufnis entschieden."

„Okay", Helen klang etwas enttäuscht, „du kannst dich gerne melden."

Den Rest des Vormittages war er einem wahren Telefonterror ausgesetzt. Erst rief Bensmann aus der Redaktion Sondervorhaben an, um ihn für seinen Artikel zu loben. Er sei erst einmal von seiner Stammredaktion für das Lokale freigestellt. Lübbing fühlte sich in der Tat etwas geschmeichelt, erinnerte Bensmann aber trotzdem an seine Zusage, für ein anständiges Pauschalhonorar zu sorgen. Dann meldete sich seine Mutter. Sie wies ihn besorgt darauf hin, wie gefährlich es sei, sich in diese Dinge einzumischen. Er erklärte ihr beruhigend, dass er nur zuhöre und zuschaue und dann alles aufschreibe.

Der Nächste war Schwalbach. Lübbing trocknete sich gerade nach einem Duschbad ab. Der Chef der Lokalredaktion wollte wissen, wann er neues Material liefern könne. Lübbing erklärte ihm, nun schon wirklich genervt, er habe mit der Polizei vereinbart, ihn über alle Neuigkeiten zu informieren. Schwalbach gab sich damit zufrieden, aber man konnte deutlich die Skepsis in seiner Stimme hören. Dann kündigte er ihm noch den Anruf einer überregionalen Boulevardzeitung aus Hamburg an, die eventuell ebenfalls an seinem Material interessiert sei. Er habe, sein Einverständnis voraussetzend, seine private Telefonnummer weitergegeben. Die würden gute Honorare zahlen. Lübbing kochte innerlich, seine Telefonnummer in der Kartei eines Revolverblattes. Er beendete das Gespräch ganz schnell.

Auch Kaiser durfte an diesem Morgen natürlich nicht auf Lübbings persönlicher Anruferliste fehlen. Er hatte den Bericht gelesen und fand ihn gleichfalls gut. Dann sagte er etwas Seltsames: „Wir können nur hoffen, dass wir das Mädchen schnell finden und dass der oder die Täter nicht zu einer auswärtigen Jugendbande gehören."

„Wieso?"

„Sonst haben wir Krieg, Lübbing."

Lübbing hielt das für unwahrscheinlich. Er machte es kurz, er hatte einfach keine Lust mehr, konnte und wollte sich im Moment nicht damit beschäftigen.

Zehn Minuten später klingelte es wieder.

„Lübbing", bellte er ins Telefon.

„Was ist denn los." Schlattmann klang irritiert. „Bist du mit dem falschen Fuß aufgestanden?"

„Entschuldigung Ingo, ich verfluche gerade Alexander Graham Bell."

„Und wer soll das sein?"

„Ach, vergiss es einfach", meinte Lübbing resignierend, „was gibt es?"

„Alexander Weber hat angerufen. Die hätten gern das Originalfoto von Oxana zurück. Es gibt bei ihnen wohl so eine Sitte, es umrahmt mit Kerzen im Wohnzimmer aufzustellen und zu beten. Kannst du es vorbeibringen? Es schien ihm sehr wichtig zu sein."

„Ich wollte nachmittags sowieso noch bei euch reinkommen. Bis dann." Lübbing beschloss, seine Wohnung zu verlassen, bevor noch weitere Telefongespräche eintreffen konnten. Er brauchte jetzt seine Nervennahrung im Eiscafé. Danach würde er die erste Nachmittagsvorstellung im Kino besuchen, um sein seelisches Gleichgewicht wieder herzustellen. Er war gerade im Begriff die Wohnungstür zu öffnen, als es erneut klingelte. Gottergeben nahm er den Hörer zur Hand und meldete sich.

„Herr Lübbing, Bernauer mein Name. Vom *Komet* in Hamburg. Ich hoffe, mein Kollege Schwalbach hat sie über unser Interesse an einer Reportage über die Vermisstensache da unten bei Ihnen informiert."

„Hat er", konstatierte Lübbing kurz. Er kannte das Blatt, es war unterste Boulevardjournaille.

„Können wir nicht ins Geschäft kommen? Wir zahlen gute Honorare."

„Eventuell."

„Ja, dann schicken Sie doch etwas hoch. Von Schwalbach weiß ich, dass Sie auch Fotomaterial haben. So mit altem Grabhügel und Friedhof in der Nähe. Daraus kann man doch eine Story mit Pep konstruieren. So Richtung Satanskult und schwarze Messe oder ähnlich. Das bringt immer eine gute Auflage", erklang es aufgeregt.

Lübbing fand es zum Kotzen. „Wie war noch mal Ihr Name, Herr Kollege?"

„Bernauer, Rüdiger Bernauer vom *Komet*."

„Herr Bernauer."

„Ja."

„Sie sind ein absolutes Arschloch!" Lübbing legte auf.

Auf dem Weg zum Eiscafé beruhigte Lübbing sich ein wenig. „Der Typ hat eigentlich recht", dachte er. „So etwas bringt wirklich Auflage. Aber krank ist es trotzdem."

Die nächsten drei Stunden genoss er. Er bestellte seinen Eiskaffee, nahm den „Kicker" aus dem Zeitungsfach und blätterte ein wenig in dem Fußballmagazin. Gelangweilt legte er ihn bald wieder zur Seite. Sein Heimat- und Lieblingsverein, der VfL Osnabrück, war gerade in die Regionalliga abgestiegen und dem Blatt nur noch einen einspaltigen Artikel im hinteren Teil wert. Dabei war der Club ein echter Traditionsverein. Hatte früher, zusammen mit der Konkurrenz von Eintracht Osnabrück, Rivalen wie dem Hamburger SV, Werder Bremen oder Hannover 96 Paroli geboten. Das Stadion „Bremer Brücke" im Osnabrücker Stadtteil Schinkel war als Heimfestung der Lila-Weißen gefürchtet gewesen.

Am Kino-Center gegenüber dem Hauptbahnhof angekommen, entschied er sich für den Film „Mona Lisas Lächeln". Zwar sagte ihm der Titel nichts, aber immerhin spielte Julia Roberts mit, eine von Lübbings Lieblingsschauspielerinnen. Der Film war nett. Eine Art „Der Club der toten Dichter" auf Frauenbasis, und Julia Roberts war bezaubernd. Er machte sich auf den Weg zum zentralen Busbahnhof am Neumarkt. Dann fiel ihm auf der Möserstraße noch etwas ein. Kurz darauf ging er durch die Gutenbergpassage und betrat den Eingang einer Galerie an der Straße „Öwer de Hase".

*

Später am Nachmittag traf Lübbing, seinen obligatorischen Rucksack auf dem Rücken und die Kameratasche über der rechten Schulter, im Polizeirevier Belm ein.

Alexander Weber erwartete ihn bereits.

„Ach ja, du bist wegen der Fotografie hier." Lübbing öffnete seinen Rucksack und holte Oxanas Bild heraus. Alexander bekam große Augen. Lübbing hatte es rahmen lassen.

„Nun nimm es schon, ohne Rahmen hätte man es doch nicht aufstellen können", ermunterte Lübbing ihn, dann bemerkte er einen Mann, der sich bisher still im Hintergrund aufgehalten hatte.

„Lübbing, das ist Marco Kretschmer vom hiesigen Jugendzentrum", stellte Schlattmann ihn vor. „Er wollte sich nach dem Stand der Ermittlungen erkundigen."

Die beiden Männer gaben sich die Hand. Lübbing schätzte Kretschmer auf Mitte dreißig. Krause, wirre Haare. Ausgebeulte Jeans und alte Sandalen. Nikotingefärbte Finger. Obwohl es vor seiner Zeit gewesen sein musste, sah er aus, als sei er mit der Woodstock-Ära groß geworden. Aber solche Typen waren ihm allemal lieber, als die verbeamteten Jugendreferenten der Behörden. Ihm kam eine Idee. „Herr Kretschmer, hätten Sie ein paar Minuten Zeit für mich? Mir gehen ein paar Fragen im Kopf herum, vielleicht können Sie mir helfen, eine Antwort zu finden."

„Ja, gern. Vielleicht können wir uns irgendwo in Ruhe hinsetzen?"

„Geht doch in den Aufenthaltsraum", schlug Schlattmann vor, „die anderen Kollegen sind alle unterwegs."

Kaum hatten sie im Nebenraum Platz genommen, begann Lübbing mit einer allgemeinen Frage: „Im Jugendzentrum alles in Ordnung?"

„Noch ja", antwortete Kretschmer.

„Was meinen Sie mit *noch*?"

„Nun ja, es herrscht eine gewisse Spannung. Alle wissen von Oxanas Verschwinden, da gibt es die wüstesten Spekulationen."

„Herr Kretschmer, mir hat jemand gesagt, wenn eine auswärtige Jugendbande dem Mädchen Leid zugefügt hätte, würde es Krieg geben. Was ist damit gemeint?"

„Das ist richtig. Es schwelt seit Jahren ein Konflikt zwischen deutsch-russischen Jugendbanden und türkischen. Anfänglich waren es nur die üblichen Pubertätsprotzereien, aber mittlerweile geht es auch um Drogengeschäfte, Revierabsteckung und Übernahme von Diskotheken oder Spielhallen. Hinzu kommt der Streit um die Mädchen. Das Ganze ist fast professionell organisiert, die Banden haben feste Hierarchien. Alexander Weber hat sich übrigens aus diesen Sachen immer rausgehalten."

„Aber schreitet denn niemand ein?"

„Wer denn? Diese Aussiedler sind doch für einen großen Teil der von hier stammenden Bevölkerung nur Schmarotzer und

Menschen zweiter Klasse und deshalb auch für die staatlichen Organe nicht so wichtig, genau wie die Türken und andere Ausländer. Die üblichen Vorurteile: Die Deutschrussen leben auf Kosten unseres Sozialsystems, Türken stinken nach Knoblauch oder sind radikale Islamisten, Polen klauen Autos. Ich könnte die Liste noch weiter fortsetzen. Ein großer Teil der Deutschen ist zutiefst ausländerfeindlich, aber das darf man nicht laut sagen. Doch ich bin nicht blind oder taub und erlebe es immer wieder."

„Integrationsprobleme hat es doch immer schon gegeben und wird es immer geben." Lübbing erinnerte sich daran, was sein Großvater einmal erzählt hatte. Als Wanderarbeiter aus dem Osten Deutschlands im 20. Jahrhundert begannen, in den Zechen des Ruhrgebietes zu arbeiten, wurden sie „Polacken" genannt. Bis eben einige dieser Polacken beim damals beliebtesten Fußballverein des Reviers, Schalke 04, den sogenannten „Kreisel" zelebrierten, ein schwindelerregendes Angriffspiel. Schalke 04 wurde dank der Polacken mehrmals Deutscher Meister und man begegnete Namen wie Szepan und Kuzorra mit mehr Respekt. Natürlich wusste Lübbing auch, dass es immer Unverbesserliche geben würde, aber er glaubte an die Kraft von Worten, Gesprächen und gegenseitigem Verständnis. Er konzentrierte sich wieder auf Kretschmer.

„Was ist mit den Einrichtungen, in denen Sie schließlich auch arbeiten? Begegnungsräume, Jugendtreffs?"

Kretschmer schüttelte den Kopf: „Ein Tropfen auf den heißen Stein. Wer nur gelernt hat, seine Meinung mit dem Baseballschläger, Messer oder der Gaspistole durchzusetzen, diskutiert nicht großartig und misst sich nicht mit anderen in einem fairen sportlichen Wettkampf. Außerdem, was heißt *Begegnungsstätte*? Der größte Teil der hier geborenen Bevölkerung geht doch gar nicht erst hin."

Lübbing schüttelte den Kopf: „Aber diese Stätten haben geschulte Leute, die mit Konflikten umgehen und Lösungen aufzeigen können."

Der junge Mann bekam wieder diesen traurigen Blick, den Lübbing schon einmal bei ihm gesehen hatte: „Sie meinen uns Sozialarbeiter oder sogenannte Streetworker. Gut, wir versuchen zu helfen, zum Teil sogar aus Idealismus. Aber wir sind zunehmend hilflos. An den harten Kern der Jugendbanden kommen wir nicht mehr heran, und die Unterstützung seitens der Behörden und der Politiker beschränkt sich auf Gesetze mit wohlklingenden Namen, die aber völlig praxisfremd sind. Und wenn sie auf einer Veranstaltung zur Vorstellung eines neues Projektes ihren Kopf zeigen können, sind sie gerne dabei. Das gibt eine gute Presse", fügte er resignierend hinzu.

„Sie sind sehr traurig und verbittert", stellte Lübbing fest.

„Ja das bin ich wohl. Menschen wie Alexander oder Oxana waren in Kasachstan Fremde und sind es hier wieder. Alexander wird sich durchsetzen. Labilere Menschen dagegen, wie seine Schwester, werden leicht zu Opfern von antiquiertem Denken, Ignoranz und Intoleranz."

Der Mann schien mehr Durchblick zu haben, als es sein Äußeres vermuten ließ. Er sah die Realität besser als viele und setzte sich damit auseinander. Lübbing überlegte, dass er sich eigentlich auch nie konkret mit diesem Problem befasst hatte. Nicht, dass er sich für ausländerfeindlich hielt, aber wegsehen war auch eine Art von Ignoranz.

„Übrigens", ergriff Kretschmer wieder das Wort, „einen Krieg, wie Sie es nannten, wird es auch geben, wenn jemand von der alteingesessenen Bevölkerung in Verdacht gerät, für das Verschwinden Oxanas verantwortlich zu sein."

Lübbing erstarrte. Da war sie, die unbewusste Arroganz, die auch in ihm lauerte. Er war Kaisers Bemerkung über einen drohenden Krieg ausländischer Jugendbanden derartig auf den Leim gegangen, dass er nicht einmal daran gedacht hatte, der Verbrecher könnte ein bisher unbescholtener Bürger aus der Nachbarschaft sein.

Kretschmer fuhr fort: „Dann könnte es sogar noch schlimmer werden. Die diskriminierten Gruppen egal welcher Nationalität könnten sich zusammenschließen und gemeinsam Rache an Deutschen üben wollen."

Mit dieser düsteren Aussicht beendeten sie das Gespräch und gingen wieder ins vordere Dienstzimmer, wo Kretschmer sich verabschiedete.

Länger als nötig schüttelte Lübbing ihm die Hand. „Danke, Herr Kretschmer."

Der Mann nickte mit einem schüchternen Lächeln, er hatte verstanden.

„Wofür hast du dich bedankt?", fragte Schlattmann erstaunt, als sie wieder allein waren.

„Ingo, ich habe gerade eine Menge von ihm gelernt."

Schlattmann ging nicht weiter darauf ein, sondern boxte ihn in die Seite: „Das war schon eine tolle Idee, das Bild für Alexander rahmen zu lassen."

Lübbing blieb ernst: „Eine ziemlich hilflose Geste, finde ich."

Seinen Kneipenbesuch für den Abend stornierte er bereits in Gedanken. Man sollte nicht trinken, wenn man traurig ist.

10

Als Lübbing am anderen Morgen an der gewohnten Bushaltestelle nahe des Polizeireviers ausstieg, sah er schon von weitem
auf dem Buchenbrink die rot-weißen Absperrbänder flattern. Er
ging schnellen Schrittes zur Dienststelle. Warneckes Wagen stand
direkt davor. Drinnen traf er aber nur Schlattmann an, der allein
die Stellung hielt.

„Tag Ingo, was ist denn am Buchenbrink los?"

„Warnecke zieht das volle Programm durch. Er hat den Wald
absperren lassen, und Bereitschaftskollegen aus Oldenburg
durchkämmen das Gelände, haben sogar Hunde dabei."

„Ich geh da mal hin", entschied Lübbing.

„Willst du nicht erst einen Kaffee? Bei dem scheußlichen Wetter wird dir früh genug kalt werden", fragte Schlattmann fürsorglich.

Er hatte recht. Es war kalt geworden. Und ein Nieselregen hatte
eingesetzt, von einem steifen Wind gepeitscht, dazu auch noch
aus Osten, was für die Osnabrücker Region ungewöhnlich war.
Lübbing nahm den Kaffee dankend an. Dann machte er sich mit
Rucksack und Kameratasche auf den Weg.

Er umging den Wald einmal und kam zur Wiese auf der Südseite. Zwischen den Bäumen konnte er Uniformierte in einer breit-
gefächerten Kette langsam das Unterholz durchkämmen sehen.
Zwei Hundeführer waren auch dabei. Auf der Wiese standen die
Mannschaftswagen der Bereitschaftspolizei. Warnecke und sein
Kollege hielten sich ein paar Meter entfernt, die Kragen hochge-
schlagen, Hände in den Taschen vergraben und die Köpfe tief
zwischen die Schultern gezogen, um sich vor dem kalten Regen
zu schützen. Etwas abseits stand ein Wagen, in dem zwei Männer
saßen, gemütlich Butterbrote aßen und Kaffee aus einer mitge-
brachten Thermoskanne tranken.

„Tag, die Herren", grüßte Lübbing.

Warnecke und sein Kollege drehten sich um und grüßten missmutig zurück.

„Was läuft denn hier so?"

„Das sehen Sie doch", knurrte Warnecke, „wir beginnen gerade mit dem Durchkämmen des Waldes."

„Bringt das denn was?"

„Was weiß ich, aber irgendwas müssen wir machen. Vielleicht finden wir wirklich noch einen Hinweis, eine Spur. Übrigens, wie haben Sie das alles aus dem Jungen, diesem Alexander herausgeholt? Der Alte hat uns ja wohl total aufs Glatteis geführt."

„Da gab es nicht viel herauszuholen. Er hätte das auf Dauer ohnehin nicht für sich behalten." Dann nutzte er die Gunst der Stunde. Warnecke schien im Augenblick ganz zugänglich: „Sind Fotos von dieser Aktion genehmigt?"

„Meinetwegen. Ist ja sowieso auffällig genug. Wundert mich, dass noch keine Gaffer da sind."

„Das Wetter."

„Das Wetter, ach ja", Warneckes Figur straffte sich, „ich habe auch genug von diesem Wetter! Schröder", er drehte sich zu seinem jüngeren Kollegen um und drückte ihm eine Markierungskarte in die Hand, „Sie übernehmen hier jetzt vernünftig die Koordination. Ich habe auf dem Revier dringende Dinge zu erledigen. Machen Sie es anständig."

„Vernünftige Koordination, jawohl Chef!" Schröder wirkte aufgeregt wie ein Rekrut.

Lübbing hatte seine Fotos schnell gemacht und ging mit Warnecke zurück zur Dienststelle. „Wer waren denn die beiden im Auto?"

„Zwei von der Spurensicherung", schnaubte Warnecke verächtlich. „Die freuen sich, dass wir nichts Brauchbares finden und sie in ihrem gemütlichen Wagen mit Standheizung sitzen bleiben können. Verdammte Innendienstler!"

Nach einer Weile fragte Lübbing wieder: „Was soll Ihr Kollege Schröder eigentlich koordinieren?"

Warnecke kicherte: „Aufpassen, dass sich die jungen Bereitschaftsbubis nicht verirren."

Lübbing grinste ebenfalls. Er fing an, diesen Mann, der längst nicht so rau war, wie er tat, zu mögen. Und für skurrilen Humor war er immer zu haben.

*

Als sie wieder das Revier betraten, fragte Warnecke: „Schlattmann, sind Sie immer noch allein hier?"

„Nein, Dirk ist eben wieder reingekommen. Der löffelt gerade einen Teller Suppe."

„Na, dann sagen Sie ihm mal Bescheid, er soll hier vorne weiterlöffeln. Den Raum brauchen wir. Ich möchte mit Ihnen beiden reden."

Während sie noch mit dampfenden Kaffeetassen am Tisch Platz nahmen, begann Warnecke zu reden. „Also, was haben wir, wie gehen wir weiter vor? Lassen wir mal die jetzige Aktion im Buchenbrink noch außer Acht, wir wissen nicht mal, ob die was bringt."

Er erwartete keine Antwort, er fuhr fort.

„Fakt ist: Ein Mädchen ist verschwunden. Die Spuren im Buchenbrink sind eindeutig von ihr. Wir müssen von einem Verbrechen ausgehen. Fakt ist weiter: Wir kennen den ungefähren Zeitpunkt ihres Verschwindens: Gegen 22 Uhr wurde sie zum letzten Mal gesehen. Fakt ist außerdem: Wir wissen, dass die Eltern uns belogen haben. Und Fakt ist schließlich: Die Fahndung nach dem Mädchen, die mittlerweile durch Presse, Rundfunk und regionales Fernsehen gegangen ist, hat noch nichts gebracht."

Warnecke unterbrach seine Aufzählung und sagte resignierend: „Kein Fakt bisher, aber eine ziemlich sichere Annahme: Das Mädchen ist tot. Und letztendlich wieder eindeutig Fakt ist, dass wir auf der Stelle treten und ganz schön im Arsch sind!"

„Und was ist, wenn sie noch lebt und nur schwer verletzt ist?", wandte Schlattmann ein.

„Dann ist sie zumindest schwer verletzt. Du hast den Bericht des Labors gelesen. Absplitterungen von Schädelknochen. Angenommen, du hast Recht, dann wäre sie jetzt mehrere Tage ohne ärztliche Behandlung gewesen. Nein, Schlattmann, tut mir leid. Ich glaube, wenn wir überhaupt etwas finden, ist es eine Leiche. Also Leute, wie wollen wir weiter vorgehen?"

Lübbing merkte, dass auch er angesprochen war. Das war ihm peinlich und eigentlich auch nicht recht. Seine Aufgabe bestand darin, vernünftige Zeitungsartikel abzuliefern. Aber er dachte an Alexander und die kleine Nellie. Und an das Mädchen, das vielleicht an einer fremden, feindlichen Umgebung kaputt gegangen war, ohne auf die Hilfe ihrer Eltern rechnen zu können.

Er sagte: „Wenn die Suche im Buchenbrink ergebnislos verläuft, bleiben uns noch die beiden Freundinnen von Oxana, mit denen sie auf der Kirmes war. Sie werden wahrscheinlich wissen, mit wem sie in letzter Zeit häufiger zusammen war, auch wenn sie nicht zu derselben Clique gehörten."

„Gut", sagte Warnecke knapp, „sonst noch was?"

Lübbing zögerte, dann machte er einen Vorschlag: „Ich muss nachher noch mal in die Redaktion. Aber danach könnte ich einen Kneipenbummel durch den Ort machen."

„Einen was?", fragte Schlattmann entgeistert.

Warnecke verstand und erklärte es ihm, dieses Mal ganz der fürsorgliche Vorgesetzte: „Lübbing stammt doch aus Belm. Er wird vielleicht Dinge erfahren, die man uns nie erzählen würde. Wir müssen jede Chance nutzen. Gute Idee, machen Sie in aller Ruhe Ihren Bummel."

„Ja, stimmt, das könnte was bringen." Schlattmann dachte sofort weiter: „Du kannst bei mir übernachten, Lübbing, wenn es zu spät für den Bus werden sollte. Und ich würde auch gerne mitkommen."

„Nichts da", entschied Warnecke, „Lübbing muss alleine gehen, sonst bringt das nichts."

*

Als die drei gerade wieder nach vorne gingen, betrat Schröder den Raum. Die Bereitschaftspolizei hatte ihn an der Dienststelle abgesetzt. Beflissen meldete er: „Suche beendet, Chef."

„Und, wurde etwas gefunden?", fragte Warnecke.

Schröder schlug seinen Notizblock auf und begann laut vorzulesen: „Diverse Zigarettenschachteln, aber alle leer, Bierdosen und Gläser, die Leiche einer Katze, ein angebissener Hamburger, aber schon ziemlich verschimmelt und ..."

74

„Schröder", zischte Warnecke bedrohlich.

Der ließ sich nicht beirren: „und ein ...", er wurde sichtlich rot, „ein schwarzer Damenslip ..." Er stockte schon wieder.

„Schröder", Warnecke wurde auch rot und lauter.

„... im Schritt offen", brachte Schröder den letzten Teil seiner Meldung heraus.

„Sagen Sie mir, dass Sie das nicht auch noch hierher geschleppt haben! Das kann doch nicht wahr sein!" Warnecke schrie, seine Gesichtsfarbe wechselte von hell- auf dunkelrot. „Schröder, raus hier, sofort raus!"

Schröder verzog sich blitzschnell nach hinten.

Lübbing prustete los. „... im Schritt offen", echote er. Er krümmte sich vor Lachen über die Besucherbarriere. Schlattmann hatte sich dezent weggedreht, aber auch seine Schultern zuckten verdächtig.

„Lübbing", warnte Warnecke, „ich mag Sie, aber jetzt beruhigen Sie sich mal wieder."

Das Telefon klingelte. Schlattmann riss sich einigermaßen zusammen und nahm den Hörer ab. „Ach, Jan, du bist es."

In der Zwischenzeit hatte Lübbing einen neuerlichen Lachanfall, das hörte auch Kaiser. Schlattmann versuchte zwar eine Erklärung, brachte aber nur stoßweise zwischen zwei Lachanfällen heraus: „Kollege Schröder ..., ...ein schwarzes Damenhöschen ..., Herr Warnecke ... Ich stell mal laut." Dann sank er, immer noch lachend, erschöpft auf einen Stuhl, während Kaisers Stimme durch den Raum dröhnte.

„Warnecke, was ist da los? Wieso trägt Ihr Kollege Schröder ein schwarzes Damenhöschen? Ich warne Sie, wenn Sie mir mein Revier versauen, dann sind Sie dran, da scheiß ich drauf, dass Sie ranghöher sind, also was ist das für ein Höschen?"

Warnecke wollte etwas erwidern, schüttelte aber nur resignierend den Kopf und legte einfach auf. Zu Lübbing und Schlattmann sagte er: „Leute wie Schröder und Sie machen einen zum Herzinfarktkandidaten."

Dann stürmte er hinaus.

*

Mit schmerzendem Zwerchfell machte Lübbing sich auf den Weg in die Redaktion. Er lieferte den Film mit den Fotos von der erfolglosen Suchaktion ab und schrieb einen entsprechenden Text. Kamera mitsamt Tasche und seinen Rucksack hatte er schon Ingo übergeben, der sie mit in seine Wohnung nehmen sollte.

Als er wieder im Bus saß, hatte er zwiespältige Gefühle. Einerseits hatte er nichts gegen ein gutes Besäufnis, andererseits mochte er es nicht, praktisch auf Kommando zu trinken. Das war auch der Grund, warum er ungern zu Partys ging. Spontane Abende waren ihm lieber. Er dachte an Helen. Wenn sie jetzt dabei wäre, würde es mit Sicherheit lustiger werden. Wenn er aber an den eigentlichen Grund für die anstehende Kneipentour dachte, dann kamen ihm diese Bedenken reichlich kindisch vor. Schließlich ging es darum, das Verschwinden, vielleicht sogar den Tod eines jungen Mädchens aufzuklären.

„Lübbing, Lübbing", dachte er, „worauf hast du dich da eingelassen, soviel Honorar kann dir die Zeitung überhaupt nicht bezahlen."

Plötzlich durchzuckte ihn ein Gedanke. Was waren sie doch für Idioten gewesen, Schlattmann, Warnecke und er. Er nahm sein Handy und wählte hektisch die Nummer des Polizeireviers. Ein ihm nicht bekannter Beamter der Spätschicht war am Apparat. Ihm musste er umständlich erklären, wer er war und was er wollte, bevor ihm endlich die Privatnummern von Schlattmann und Warnecke durchgegeben wurden.

„Zuerst Schlattmann", dachte Lübbing.

Der war sofort am Apparat.

„Ingo, Lübbing hier. Unterbrich mich jetzt nicht. Sag mal, was ist mit dem Zeug passiert, das im Wald gefunden wurde?"

Schlattmann am anderen Ende der Leitung gluckste: „Schröder hat den ganzen Müll, bis auf die tote Katze, doch tatsächlich mit zum Revier bringen lassen. Lagert alles in Asservatenboxen hinten im Hof. Mensch war das vorhin ein Spaß. Mit der Aktion hat die Karriereleiter des Kollegen sicher einen ganz schönen Knick bekommen." Schlattmann lachte wieder.

„Oder deine und die von Warnecke", sagte Lübbing trocken, „Woher wollt ihr denn wissen, dass der Slip nicht von Oxana war?"

Betroffenes Schweigen, dann versuchte Schlattmann eine Rechtfertigung: „Na hör mal, ein fünfzehnjähriges Mädchen und ein Slip mit offenem Schritt, das ..."

„Drauf geschissen", unterbrach Lübbing ihn rau, „es ist eine Möglichkeit. Pass auf, du siehst zu, dass du schnellstens zum Revier kommst. Schnapp dir dort ein Paar von den Handschuhen aus dem Sanitätskasten und such den Slip. Ich rufe auch Warnecke an und informiere ihn. Alles klar?"

Schlattmann hatte eingesehen, dass Lübbing Recht haben könnte. „Bin schon unterwegs." Dann legte er auf.

Auch Warnecke war daheim. Lübbing unterbreitete ihm seine Idee und hörte ihn scharf einatmen: „Mein Gott, was habe ich da für einen Mist gebaut. Sie haben Recht. Ich telefoniere sofort mit Schlattmann. Sobald er den Slip gefunden hat, soll er ihn mit einem Streifenwagen zur Untersuchung ins Labor bringen lassen, dann können die gleich morgen früh anfangen. Danach versuche ich, Schröder zu erreichen. Hoffentlich ist die Fundstelle des Slips korrekt markiert."

„Ja dann", sagte Lübbing, „frohes Schaffen."

„Halt, Lübbing, Moment mal", sagte Warnecke. Er druckste etwas herum, dann: „Sie werden diesen Vorfall doch nicht in Ihrem Artikel verwenden, oder?"

„Ich werde darüber nachdenken."

Lübbing drückte das Gespräch weg. Er sah Warneckes besorgtes Gesicht geradezu vor sich. „Soll er ruhig etwas schwitzen", dachte er.

11

Lübbing begann seine „Kneipenrecherche" im Ortsteil Powe, der Osnabrück am nächsten lag. Die Linie 7 hielt direkt am *Eichenkrug*. Die Gaststätte war das, was man als echte Dorfkneipe bezeichnen konnte. Sie wurde fast nur von den Bewohnern der umliegenden Siedlung frequentiert. Die Einrichtung war antiquiert, hatte aber einen gewissen Charme. Er mochte das dunkle Holz der großen Tische, an manchen Stellen leicht abgenutzt durch unzählige Runden, die auf ihnen abgestellt worden waren. Eine mächtige Theke beherrschte den Raum, mit einer ebenso großen Zapfanlage. Wie immer kämpften die Grünpflanzen auf den Fensterbänken um ihr Überleben in dem meist rauchgeschwängerten Schankraum. Sie blühten nie richtig auf, sondern duckten sich an die Fensterscheiben, als wollten sie jeden Luftzug mitnehmen.

Es war erst kurz nach fünf, und er war der erste Gast. Hinter der Theke stand wie immer Karla, die Wirtin.

„Lübbing", rief sie erstaunt, „ja das ist eine Freude, dich mal wieder zu sehen." Sie kam um die Theke herum und drückte ihn an ihren großen Busen. Lübbing war gerührt. Er gab ihr einen Kuss auf die Wange: „Na Karla, du siehst so jung und knackig aus wie immer."

Karla war 75, aber Lübbing wusste, sie liebte solche Komplimente über alles. Und eigentlich war es nicht einmal gelogen. Er war vor etwa 30 Jahren das erste Mal in den *Eichenkrug* gekommen, da musste Karla etwa 45 gewesen sein. Seitdem hatte sie sich nicht großartig verändert. Sie war vom Typ her ein Rubensweib und voller Lebensfreude. Ihr raues, kehliges Lachen, ähnlich dem von Helen, wirkte immer ansteckend. Er dachte: „Ich muss Helen mal mitnehmen, die beiden würden sich gut verstehen."

Karla boxte ihn wegen seiner Bemerkung munter mit dem Ellenbogen in die Seite. „Du alter Charmeur." Aber man sah ihr an, dass sie sich über das Kompliment freute. Sie ging hinter die Theke, Lübbing setzte sich auf den Hocker, der früher einmal sein Stammplatz gewesen war.

„Das Übliche?"

Er überlegte kurz. Das Übliche wäre ein Wasser und ein Wacholder gewesen, so kannte ihn Karla. Aber den Wacholder hatte er sich fast schon abgewöhnt, außerdem wollte er nachher noch weiter. „Nein, ich nehme ein Pils." Plötzlich stieg ihm ein verführerischer Duft in die Nase. „Sag mal, Karla, brutzeln in deiner Küche etwa Frikadellen in der Pfanne?"

Karla zwinkerte mit den Augen : „Die sind noch genauso gut wie früher. Willst du eine?"

„Zwei! Mit dem scharfen Senf."

Karla verschwand in der Küche. Lübbing schaute sich noch einmal in Ruhe um. Nein, hier hatte sich wirklich nicht viel verändert. Am Schrank hinter der Theke immer noch die Warnung für die Gäste: „Wer trinkt, um zu vergessen, sollte vorher bezahlen." Die Flaschenbatterie stand am selben Platz wie früher. Er las die Etiketten: Lockstädter, Doornkaat und Steinhäger, sogar noch eine Flasche „Getreuer Eckhardt". Lübbing schloss daraus, dass auch der Geschmack der Gäste gleich geblieben war.

Er stieg vom Hocker und ging zum Saal, der sich hinter dem Schankraum anschloss. Ein Blick genügte, auch hier war fast alles beim Alten. Die gleiche Anordnung der Tische, die Bezüge der beiden Billardtische ein wenig verschlissener, der alte Kicker mit den Holzfiguren. Lediglich der Flipper war ausgewechselt worden. Früher war dieser Saal oft von den Vereinen des damals noch selbstständigen Dorfes Powe genutzt worden. Der Schützenverein feierte hier nach seiner jährlichen Parade, die ersten Übungsstunden der Tischtennisabteilung von Concordia hatten in diesen Räumen stattgefunden, und Lübbing konnte sich auch daran erinnern, dass während seiner Juso-Zeit der SPD-Ortsverein hier Versammlungen abhielt.

Er drehte sich um, durchquerte den Schankraum und stand vor der Musikbox. Hier war dem wechselnden Zeitgeschmack Rechnung getragen worden. Die Songs waren fast alle neueren Datums, lediglich ein paar Klassiker waren geblieben. Er musste grinsen, 51 A, das „Kufstein-Lied" war natürlich noch da. Karla liebte dieses Volkslied.

Sie kam mit den Frikadellen aus der Küche. Voller Vorfreude setzte er sich wieder auf seinen Hocker. Während er mit Genuss aß, erzählte Karla ihm den neuesten Dorfschnack, ohne jedoch zu indiskret zu werden. Hin und wieder unterbrach er sie und fragte nach diesem und jenem. Es war einfach nur urgemütlich.

Dann ging die Tür auf, der nächste Gast kam und setzte sich an das andere Ende der Theke. Lübbing kannte ihn nicht, aber Karla stellte ohne zu fragen eine Cola und einen Korn vor ihm hin. Der Mann trank den Korn und bekam sofort seinen zweiten. Er beäugte Lübbing neugierig und fragte schließlich: „Neu hier?"

„Kann man so nicht sagen", antwortete Lübbing.

Karla mischte sich ein: „Das ist ein Stammgast von früher, schaut mal wieder rein."

Der Mann kam herüber und hielt Lübbing die Hand hin: „Hans Schwerdtfeger."

Nun blieb ihm nichts anderes übrig, als die Hand zu schütteln: „Lübbing."

„Und der Vorname?"

„Nur Lübbing."

„Lübbing ist bei der Zeitung und schreibt die Berichte über den Vermisstenfall", mischte Karla sich ein. Das hätte sie besser nicht gesagt.

„Was, über diese Russentussie?", ließ sich Hans Schwerdtfeger vernehmen.

Lübbing schwoll der Kamm: „Nein, über eine 15-jährige Jugendliche, die ihr Leben noch vor sich hätte und nun vielleicht tot ist."

Schwerdtfeger wurde höhnisch: „Vielleicht ist sie bloß zurück nach Sibirien. Genug Sozialhilfe, um Fahrkarten zu kaufen, bekommen die doch."

Lübbing glaubte, nicht richtig zu hören. Er machte noch einen Versuch: „Was Sie da sagen, ist gemein, ich finde ..."

„Komm mir doch nicht mit so etwas!", unterbrach Schwerdtfeger ihn. „Wegen meiner kann sich das ganze Gesocks gegenseitig umbringen, dann ist wenigstens Ruhe!" Er schaute Lübbing verächtlich an und zog sich wieder ans andere Ende der Theke zurück.

Lübbing war erschüttert. Wenn er geglaubt hätte, es könne etwas nutzen, dann hätte er sicher noch etwas dazu gesagt. Aber der Hass, der aus den Worten Schwerdtfegers klang, würde gleichsam wie eine Mauer gegen jedes noch so logische Argument stehen. Lübbing musste sich eingestehen, dass er absolut nicht mit der Situation umgehen konnte.

Er trank einen Schluck von seinem Bier und schaute zur Wirtin, die zuckte hilflos mit den Schultern. „Ich möchte einen Wacholder, Karla, einen doppelten."

Schwerdtfeger schaute immer wieder böse und verächtlich zu ihm hinüber. Ein weiterer Gast kam herein und stellte sich zu ihm. Dann setzten sie sich an einen weiter entfernten Tisch, und die Blicke, die sie ihm recht unverhohlen zuwarfen, machten deutlich, worüber sie sich unterhielten.

Lübbing hatte bald genug. Er trank noch zwei Wacholder und sprach Karla an: „Ich möchte zahlen."

„Willst du wirklich schon gehen?", fragte sie enttäuscht.

„Ja."

„Hör mal, nimm den Hans nicht so ernst. Vergiss es einfach."

„Karla, hat dieser Typ schon mal Ärger mit den Aussiedlern hier gehabt?"

„Das wüsste ich."

„Siehst du!" Lübbing legte sein Geld auf die Theke: „Warum sagt er denn so was? Dass ihm das Mädchen egal ist, hätte ich noch verstehen können. Schließlich kannte er sie nicht. Aber warum freut er sich geradezu darüber, dass sie tot sein könnte? Das ist doch pervers."

Karla beugte sich vor und umfasste seine Linke mit beiden Händen: „Ach Lübbing, du warst noch nie so ganz von dieser Welt. Was Hans Schwerdtfeger so drastisch ausgedrückt hat, denken viele Menschen hier."

„Warum wirfst du ihn nicht einfach raus?"

Nun wurde Karla aber böse: „Rauswerfen? Na klar, rauswerfen! Du kannst das so leichthin sagen. Aber dann müsste ich mindestens die Hälfte meiner Gäste rauswerfen. Ich bin 75 und dieses Lokal ist mein Leben. Rauswerfen, natürlich, Herr Lübbing hat immer eine Lösung parat." Sie hatte sich so richtig in Rage geredet.

Er sah ein, dass er mit seinem einfachen Gut-und-Böse-Muster zu weit gegangen war. Bevor er das Lokal verließ, gab er Karla einen Kuss auf die Wange: „Entschuldige, ich bin nur so verwirrt und ratlos." Dann ging er zur Tür.

Als er am Tisch der beiden anderen Gäste vorüberging zischte es: „Scheiß Liberaler."

Lübbing tat, als hätte er nichts gehört.

*

Draußen holte er tief Luft. Was jetzt? Er beschloss, noch die zweite Kneipe in diesem Ortsteil aufzusuchen, es war immer noch früh, und sie lag nur ein paar hundert Meter entfernt.

Unterwegs versuchte er, seinen Schock und Ärger über diesen Schwerdtfeger abzuschütteln. Er hatte für solche Situationen eigentlich ganz gute Verhaltensmechanismen entwickelt, aber dieses Mal fiel es ihm schwer, das Ganze in irgendeinem hinteren Winkel seines Kopfes zu verstecken. Erst als er daran dachte, wie Helen wohl auf diesen hochentwickelten Vertreter der menschlichen Rasse reagiert hätte, konnte er wieder grinsen. Sie hätte Schwerdtfeger wahrscheinlich in die Eier getreten. Dann fiel ihm wieder ein, dass sie „Scheiß Liberaler" zu ihm gesagt hatten. Er war als Liberaler bezeichnet worden! Das Leben war manchmal gemein.

In *Rudi's Ecke* war schon mehr los als bei Karla. Er begrüßte hier und da ein paar Bekannte, hörte sich die üblichen Frotzeleien und dummen Sprüche an, und entdeckte nahe am Ende der Theke ein weiteres bekanntes Gesicht. Lübbing begann, breit zu grinsen. Holm, Rainer Holm, sein früherer „Jahrtausendkumpel". Auch Rainer hatte ihn gesehen und lachte fröhlich. Lübbing ging zu ihm hinüber.

„See you later Alligator ..."

„... after 'while crocodile", reagierte Lübbing prompt.

Sie klopften sich gegenseitig auf die Schulter und strahlten sich an.

„Mensch", sagte Rainer Holm.

„Mensch", antwortete Lübbing.

Sie waren in derselben Straße groß geworden. Sie hatten als Kinder gemeinsam den Nachbarn Streiche gespielt und beide die elterlichen Strafen über sich ergehen lassen, sie waren zusammen eingeschult worden. Später entdeckten sie beide ihre Liebe zur Musik. Sie hörten die Beach Boys und Creedence Clearwater Revival, dann The Cream, Jimi Hendrix und Led Zeppelin. Zu „Riders on the storm" von den Doors hatten sie zusammen den ersten Joint geraucht. Sie lernten beide ein Instrument zu spielen, gründeten eine Band, von der sie glaubten, sie sei das Non-Plus-Ultra der Rockmusik. Leider waren nur sie beide und die drei Kumpels, die noch dazugehörten, davon überzeugt. Während Lübbing immer ein mittelmäßiger Schlagzeuger blieb und nach einigen Jahren seine „Schießbude" verkaufte, hatte Rainer sich zu einem überdurchschnittlichen Pianisten entwickelt und beschlossen, Musik zu studieren.

Beide waren sie auch mit der AKW-Bewegung groß geworden, und hatten in etlichen kurzlebigen Aktionsgruppen und Debattierzirkeln politische Theorien diskutiert, um die BRD zu verändern. Gemeinsam entdeckten sie den Anarchismus. Doch während sein Freund mehr die gewaltbereiten Abenteurer oder Legenden der anarchistischen Bewegung, wie Bakunin oder Durrutti verehrte, beschäftigte sich Lübbing ernsthaft mit Ursprung, Gesellschaftsbild und Theorie dieser Weltanschauung. Er las Errico Malatesta, Pierre Proudhon, Gustav Landauer und Emma Goldman. Dabei kam er zu der Überzeugung, und die teilte er heute noch, dass die Utopie des Anarchismus tiefstes Gerechtigkeitsempfinden und Respekt vor anderen Menschen symbolisiert, und dabei absolut friedlich ist. Aber eben eine Utopie.

Zum endgültigen politischen Bruch zwischen ihnen kam es, als Rainer die nach Lübbings Meinung hirnverbrannte Strategie der RAF verteidigte, weil sie Anarchisten waren, wie er meinte. „Das darf doch wohl nicht wahr sein", hatte Lübbing lautstark dagegen argumentiert, „die und Anarchisten! Dieser streng hierarchische Kaderverein, da kannst du die Wehrsportgruppen auch gleich zu aufgeklärten Trachtengruppen erklären." Ein Wort gab das andere. Heidenkrach. Sie sprachen einige Wochen nicht mehr miteinander, und später, als sich die Wogen geglättet hatten, vermieden sie beide tunlichst politische Themen. Nachdem Lübbing dann aus Osnabrück weggezogen war, sahen sie sich nur noch, wenn sie beide zufällig zur gleichen Zeit Belm besuchten, und dann auch immer nur ganz kurz.

Rainer Holm holte Lübbing aus der Vergangenheit in die Gegenwart zurück.

Er stimmte einen Refrain an:"*It's better by you better than me, you can tell her what I want it to be...,*" Lübbing fiel ein, "*... you can say what I only can see, it's better by you better than me.*"

Der Song war für sie beide ebenfalls eine alte Erinnerung.

Der Auftritt von "Juicy Lucy" war ihr erster Konzertbesuch überhaupt gewesen, in der Halle Gartlage in Osnabrück, ein unsäglich hässliches Gebäude. Während der Woche fanden in der Halle Viehauktionen statt, am Wochenende Rockkonzerte.

Lübbing bestellte zwei Wasser und zwei Wacholder. Ihm war jetzt egal, wie der Abend enden würde. Er wollte sich endlich mal wieder länger als fünf Minuten mit Rainer unterhalten.

Plötzlich knarrte eine Stimme neben ihm: "Ach nee, kaum passiert in diesem Kaff mal etwas, dann sind schon die Pressegeier da."

Lübbing brauchte gar nicht nach links zu gucken, um zu wissen, wer ihn da anpöbelte. Kraftzyk, ausgerechnet der musste heute hier sein. Sie beide hassten sich seit frühester Jugend. Für Lübbing verkörperte Kraftzyk alles, was er verachtete. Kraftzyk war reaktionär bis rechtsradikal, von sich selbst eingenommen, ungepflegt, dumm und hatte eine große Klappe.

Lübbing wollte einem Streit aus dem Wege gehen, zwischendurch einfach mal mit Rainer Holm in Erinnerungen schwelgen: "Kraftzyk, lass mich zufrieden!"

Doch der dachte gar nicht daran. Man sah ihm an, dass er schwer angetrunken war: "Du bist doch hier wegen des Vermisstenfalls, hab deinen Artikel gelesen."

"Ich wusste gar nicht, dass du lesen kannst."

"Ha, ha, ha, sehr komisch", posaunte Kraftzyk, "aber ich habe heute meinen generösen Tag und gebe dir einen Tipp. Versuch es doch mal auf dem Babystrich, da läuft so junges Gemüse rum. Vom Feinsten sage ich dir, richtiges Frischfleisch und noch billiger als die Asiatinnen in Osnabrück."

Lübbing wandte sich angeekelt ab und sagte zu Rainer: "Lass uns hinten an den Ecktisch gehen, ich kann es nicht mehr hören."

Sie stiegen von ihren Hockern und gingen mit ihren Getränken auf die andere Seite der Kneipe, und Rainer Holm bestellte noch zwei Wacholder.

Kraftzyk höhnte hinter ihnen her: "Lübbing, ich hab mir ein Taxi bestellt. Komm doch mit, die lassen auch zwei für den Preis von einem ran."

Das ging zu weit. Er blieb stehen. Rainer Holm packte ihn am Arm: "Nein, Lübbing, komm."

Er ließ sich widerwillig wegziehen, war erleichtert, als zwei Minuten später Kraftzyks Taxi kam. Sie lenkten sich erst einmal mit belanglosem Reden über alle möglichen Themen ab, dann kam Lübbing noch einmal auf den Vorfall zurück: "Stimmt das mit dem Babystrich?"

Holm zuckte mit den Schultern: "Weiß nicht, über die Aussiedler und die Klein-Ukraine kursiert jeden Tag ein neues Gerücht."

"Klein-Ukraine?"

"So nennen die Leute hier die ehemalige NATO-Siedlung."

Lübbing gab sich noch nicht zufrieden: "Aber es klang doch, als wisse Kraftzyk sehr genau, wo er hinwollte?"

"Du kennst diesen faschistischen Idioten doch. Es kann genauso gut sein, dass er die zwei Kilometer bis ins *Haus Hamburg* fährt und dort einen wegsteckt."

"Es muss widerlich sein, mit diesem stinkenden Fettsack ins Bett gehen zu müssen."

"Es geht das Gerücht um, dass er immer Seife und Shampoo mitbringen muss", bemerkte Rainer grinsend.

Lübbing musste schallend lachen. "Komm, lass uns über etwas anderes reden. Bist du immer noch das verkannte Genie in der Musikbranche?"

Rainer hatte, das wusste Lübbing noch, sein Studium abgebrochen und sich einem relativ erfolgreichen Tanzorchester angeschlossen. Um seinen Mund lag ein herber Zug, als er antwortete. „Das verkannte Genie ist seit drei Jahren arbeitslos und jobbt für Schwarzgeld in einer hiesigen Gärtnerei und als Mädchen für alles."

„Wie das?" Lübbing hörte sich ehrlich betroffen seine Geschichte an.

Fast zehn Jahre sei er mit dem Orchester unterwegs gewesen, dann sei es nach dem plötzlichen Tod des Bandleaders auseinandergebrochen. Durch Vermittlung eines Bekannten habe er einen Job als Pianist bei einer Reederei bekommen, die ihn auf ihren Kreuzfahrtschiffen einsetzte. So habe er acht Jahre für gutsituierte Damen zum Tanztee aufgespielt oder sorgte für die dezente Hintergrundmusik beim Captain's Dinner. Musikalisch unbefriedigend, aber er habe etwas von der Welt gesehen und die Bezahlung sei gut gewesen. Dann ging die Reederei pleite. Er hatte keine Wohnung, war immer mit seinen wenigen Sachen von Schiff zu Schiff gewandert. Vor zwei Jahren sei er wieder in seinen Heimatort gezogen, in der letztlich enttäuschten Hoffnung, in Osnabrück einige alte Kontakte aus der Musikszene neu auffrischen zu können.

„Perspektiven?", fragte Lübbing kurz.

„Wohl kaum. Bist mit 49 eben altes Eisen", antwortete er und fügte bitter hinzu: „Wie sangen schon die Stones -*Baby, Baby, you're out of time* ...""

„Du bist verbittert."

„Nicht unbedingt verbittert", er winkte ab, „dazu bin ich zu sehr Zyniker geworden. Ist ein schöner Schutzschild."

Lübbing ging nicht weiter darauf ein, sondern fragte: „Und wie kommst du hier im Ort zurecht?"

„Das geht schon. Ist zwar nicht gerade das Gelbe vom Ei. Aber die meisten haben akzeptiert, dass ich ein Eigenbrötler bin und lassen mich zufrieden. Und Idioten wie Kraftzyk beachte ich nicht weiter."

Lübbing betrachtete Holm genauer. Er sah müde und alt aus. Die Wangen und Augen waren von roten Äderchen durchzogen, Tränensäcke traten hervor. Er warf einen schnellen Blick auf

Holms Deckel. Mindestens acht Kreuze, so viele Wacholder schon, und Rainer machte nicht den Eindruck als wolle er bald zahlen und nach Hause gehen. Er wollte darüber nicht mit ihm diskutieren und wechselte schnell das Thema, erzählte ihm von Schwerdtfeger.

„Solche Meinungen kannst du hier im Dutzend hören."

Lübbing regte sich auf: „Und warum geht niemand dagegen an. Rainer, Du warst doch früher nie auf den Mund gefallen. Warum sagst du denen nicht mal die Meinung, wenn sie etwas so Rassistisches rauslassen?"

„Ich, der gescheiterte Musiker, der Friedhofs- und Gelegenheitsarbeiter, soll mich mit sogenannten unbescholtenen, honorigen Bürgern anlegen? Die einen anständigen Beruf mit Renten- oder Pensionsanspruch haben, wie es sich gehört, eine Familie gegründet und ein Eigenheim gebaut haben? Lübbing, du kennst die Spielregeln nicht mehr. Wir beide hier, wir können nur in dieser Kneipe sitzen, weil wir in diesem Ort geboren sind, und das gibt uns ein gewisses Recht. Nenn es meinetwegen Stammeszugehörigkeit. Aber ansonsten sehen uns die meisten Leute lieber von hinten."

Lübbing war verdattert: „Aber wieso das denn?"

„Weil wir nicht nach ihren Regeln leben. Weil wir uns eigentlich für etwas anderes entschieden haben. Und selbst wenn wir nach außen hin gewisse Rituale mitmachen, merken sie doch, dass es uns eigentlich scheißegal ist. Ich verachte sie, sie verachten mich. Ich kommentiere nichts, aber sie wissen, was ich denke. Ich mache meinen Mund nur noch auf, um einen Wacholder zu trinken. Basta. Du kannst übrigens ruhig noch zwei bestellen."

Lübbing tat es. Irgendwie waren das Zusammengehörigkeitsgefühl und die gemeinsamen Erinnerungen jetzt verschwunden. Holm sinnierte dumpf vor sich hin, und erhöhte bei den Wacholderbestellungen die Schlagzahl. Nach einer halben Stunde hatte Lübbing genug. „Rainer, ich muss los."

„Ist schon okay, tschüss."

12

Lübbing war zu Fuß zu Schlattmanns kleiner Wohnung gegangen. Ingo hatte so schnell geöffnet, als hätte er hinter der Tür gelauert. Er wollte natürlich wissen, was Lübbings Recherche gebracht hatte, aber der war einsilbig bis zur Unfreundlichkeit. Er wollte ins Bett und über seinen alten Freund nachdenken. Enttäuscht verschwand Schlattmann in seinem Schlafzimmer.

Lübbing legte sich auf die bequeme Bettcouch im Wohnzimmer, verschränkte die Arme hinter dem Kopf und dachte nach. Rainer war ziemlich unten. Er konnte es mit seiner Intelligenz und Wortgewandtheit vielleicht vor vielen Menschen verbergen, aber er hatte ihn früher zu intensiv gekannt, er ließ sich nicht täuschen. Holm war einsam und isoliert. Seine Worte waren deutlich, er hatte von Ritualen gesprochen, die er mitspielte, und die beherrschte er mit Sicherheit gut. Doch hinter der Fassade war ein todtrauriger, aber auch ein wütender Mensch. Lübbing glaubte, dass Holm keine Perspektive mehr sah, er hatte resigniert. Der hohe Alkoholkonsum und sein Aussehen ließen darauf schließen, dass er schon seit längerer Zeit regelmäßig viel zu viel trank.

Er hatte sie beide als Außenseiter in der alten Heimat Belm beschrieben. Und damit hatte er wohl Recht. Auch Lübbing waren viele gesellschaftliche Normen und sogenannte ethische Grundsätze zuwider oder zumindest egal. Aber er lebte nun in Osnabrück. Und mochte man das auch als eine typische Provinzstadt betrachten, man hatte hier doch einen ganz anderen Freiraum als auf einem Dorf. Er unterstand nicht ständig der Beobachtung der Nachbarschaft oder der anderen Kneipengänger zwecks Kommentierung seines Verhaltens. Außerdem hatte Lübbing sich Verhaltensmechanismen zugelegt, die ihm halfen, falls die „Einsamkeitsvögel" wieder mal kamen. Er wusste genau, wann es nötig war, ein Buch zu lesen, Musik zu hören oder für einige Wochen die Brücken abzubrechen und zu reisen.

Und dann war da noch Helen. Die Freundschaft zwischen ihnen war für ihn immer wieder ein unergründliches Wunder. Oft brauchten sie nicht mal Worte, ein Blick und jeder wusste, was der andere dachte. Vielleicht war das Grundsätzliche, was sie verband, ihr Glaube an Leidenschaft und Liebe. Helen lebte das anders aus als er. Wenn sie sich verliebte, tanzten meistens einen Monat die Sterne so intensiv, dass es bei anderen für zehn Jahre gereicht hätte. Er hingegen zeigte nach außen keine Leidenschaft, innerlich fraß sie ihn hingegen fast auf. Aber trotz der Unterschiede im Verhalten, fühlten sie sich doch durch diese Grundhaltung verbunden. Deshalb waren sie sich auch oft am nächsten gewesen, wenn der eine den anderen trösten musste, weil eine Beziehung zu Ende gegangen war.

Er rief sich zur Ordnung: „Schluss mit der philosophischen Seelenwanderung, Lübbing. Du bist ein hoffungsloser Romantiker." Und der schlief dann auch bald ein.

*

Lübbing wachte am Samstagmorgen von dem Duft frisch aufgebrühten Kaffees auf. Er wusste im ersten Augenblick nicht, wo er war. Sein Blick fiel auf ein Regal mit Buddelschiffen. Ach ja, er war bei Schlattmann. Er warf einen kurzen Blick in die Küche. Ingo bereitete das Frühstück und trällerte ihm einen fröhlichen Gruß entgegen. Er erwiderte ihn kaum, ging stattdessen ins Bad. Als er wieder rauskam, war auch das Frühstück fertig. Er setzte sich.

„Ingo, tut mir leid, wenn ich gestern Abend etwas muffelig war. Ich hatte ziemlich viel getrunken und den Kopf voller Gedanken."

„Schon in Ordnung", nahm Schlattmann es auf die leichte Schulter, „erzähl doch jetzt beim Frühstück."

Er berichtete ausführlich, nur sein Gespräch mit Rainer Holm erwähnte er natürlich nicht.

Schlattmann schüttelte ein wenig erschüttert den Kopf. „Menschen gibt's. Natürlich haben wir hier einen sozialen Brennpunkt, und natürlich wird zu wenig dagegen getan, und wir sind hoffnungslos unterbesetzt. Aber solche Bemerkungen ..."

„Was ist mit dem sogenannten Babystrich?"

„Das wissen wir nicht. Es haben zwar mehrmals Bürger angerufen und darauf hingewiesen, aber natürlich immer abends. Wenn dann die Kollegen aus der Nachbarstadt zu den benannten Orten fuhren, war dort nie jemand. Die brauchen allerdings auch in der Regel zwanzig Minuten."

„Und die Anrufer?"

„Natürlich anonym. Kein ehrbarer Bürger will damit in Verbindung gebracht werden."

Lübbing wechselte das Thema: „Wie sieht dein Tag heute aus?"

„Ich habe ab zwölf Uhr Dienst."

„Gut, dann komme ich mal kurz mit aufs Revier. Vielleicht gibt's was Neues."

Lübbing blickte auf die Uhr: „Wir haben noch Zeit. Was machen wir bis dahin?"

„Bis dahin", grinste Schlattmann, „werde ich dich in die Kunst des Buddelschiffbaus einführen."

Schlattmann begann bei seinem Großvater. Der stammte aus Husum und hatte ihm alles beigebracht. „Sogar eine Besonderheit", erzählte er lächelnd. „Bevor er das Deck auf den Rumpf setzte, legte er immer eine Kleinigkeit hinein. Mal war es ein Pfennigstück, mal ein Perlmuttknopf, mal eine Muschel. Das ist unser Geheimnis, sagte er dann. Keiner weiß, was das Schiff wirklich transportiert."

Schlattmann zeigte ihm seine Werkzeuge, Häkchen, Zangen, Scheren, Pinzetten, Nähgarn und erklärte ihm, wie das fertige Modell in die Flasche hineinkam. Es gab die traditionelle Zugmethode, wobei der Segler mit hochgestellten Rahen und umgeklappten Masten in der Flasche platziert werde. Mit einem Fadensystem würden diese Teile dann wieder ordnungsgemäß gerichtet. Bei größeren Modellen praktiziere man aber den Sektionsbau. Dabei würden einzelne Teile des Modells in die Flasche eingebracht und dort zusammengebaut. Das älteste bekannte Buddelschiff stamme aus dem Jahre 1784 und stehe heute im Holstentor-Museum in Lübeck, dozierte er weiter.

Lübbing unterbrach ihn, er stellte sich neben den Werktisch. „Was baust du hier gerade?"

„Oh", sagte Schlattmann, „das ist die *Cutty Sark*. Sie ist der letzte heute noch erhaltene Teeclipper, die schnellsten Schiffe ihrer Zeit. Ist in Greenwich bei London zu besichtigen. Stapellauf 1869, Scott & Linton's Werft im schottischen Dumbarton, Gewicht 963 Tonnen."

Er musste schmunzeln. Ingo war sichtlich stolz auf sein Wissen.

„*Cutty Sark*", sagte Lübbing, der fließend englisch sprach, „seltsamer Name, habe ich noch nie gehört."

Schlattmann war jetzt wie ein Pennäler, der seinem Lehrer imponieren wollte: „Das geht auf ein Gedicht von Robert Burns zurück, *Tam O'Shanter*. Tam begegnet einer Gruppe von Hexen, die meisten von ihnen sind hässlich. Nur Nannie, die jüngste ist wunderschön, und sie trägt nur ein kurzes Hemd, ein *Cutty Sark* eben."

Lübbing betrachtete die anderen Schiffe, blieb vor einem sehr beeindruckenden Modell stehen. Es war ein Schaufelraddampfer. „Mississippi", stellte er fest.

„Falsch", sagte Schlattmann trocken. „Das ist die *General Slocum*. Sie war ein Ausflugsdampfer auf dem East River in New York. Sank 1904 vor der Bronx auf einer Vergnügungsfahrt der deutschen Kirchengemeinde der Stadt. Über 1.000 Menschen kamen damals ums Leben, hauptsächlich Frauen und Kinder. Bis zu dem Anschlag auf das World Trade Center war es die größte Tragödie die New York je erlebt hatte."

„Ingo, ich sag das jetzt nicht nur so. Ich finde wirklich Klasse, was du machst." Lübbing war ehrlich beeindruckt.

Schlattmann wurde ein wenig rot. Um seine Verlegenheit zu verbergen, drehte er sich um: „Ich glaub wir müssen los."

*

Auf dem Revier war es ruhig. Ein Kollege sagte: „Da ist ein Umschlag aus dem Labor gekommen. Steht Warnecke/Schlattmann drauf."

Schlattmann nahm das etwas größere Kuvert und war unschlüssig. Lübbing drängte: „Nun mach schon auf, dein Name steht schließlich auch drauf."

Schlattmann öffnete, langte hinein. Zum Vorschein kam ein durchsichtiger Plastikbeutel mit dem schwarzen Damenhöschen. Schlattmann las aus dem beigefügten Schreiben vor: „Es waren keine verwertbaren Spuren mehr zu finden. Es war zu lange der Witterung ausgesetzt." Darunter wieder das unlesbare Kürzel.

„Scheiße", fluchte Lübbing, „wieder eine Spur ins Leere."

Schlattmann machte sich an den üblichen Papierkram. Lübbing blieb noch auf eine Tasse Kaffee. Er überlegte noch, wie er den Tag verbringen wollte, als die Tür aufging und ein Wesen aus einer anderen Welt das Revier betrat. Mindestens 1,80 groß, eine naturblonde Mähne, die bis in die Mitte des Rückens fiel. Alles andere in schwarz. Taillierte Bluse, hautenge Jeans und hochhackige Schuhe. Erfreulich dezent geschminkt, dachte Lübbing. Als sie zügig zum Tresen ging, setzte er seine Musterung fort: Sie trug keinen BH. Ein Hauch schweren Parfüms durchwehte den Raum. Er war kaum in der Lage, die Augen von ihr zu lassen, beobachtete sie aber aus den Augenwinkeln, peinlich um den Eindruck bemüht, als sei der dampfende Kaffee vor ihm das Wichtigste auf der Welt.

Schlattmann hingegen konnte sich beim Anblick von so viel Weiblichkeit nur schwer beherrschen. Er schluckte, schluckte nochmals, dann stand er ruckartig auf, so dass der Stuhl sich verdächtig nach hinten neigte. Er ging zum Tresen: „Kann ich ... hm, kann ich Ihnen helfen", und dann nach einer kurzen Pause, „gnädige Frau?"

Das blonde Wesen lächelte: „Nicht doch mein Lieber. Ich bin Marilyn, ganz einfach Marilyn, und ich hoffe doch sehr, dass Sie mir helfen können."

„Worum geht es denn?", fragte Schlattmann und versuchte krampfhaft, nicht auf die Bluse zu schauen.

„Ich bin hier derzeit bei meiner Tante zu Gast und habe letzten Samstag die Kirmes besucht. Dabei ist mir in diesem Waldstück, Buchenbrink heißt es, glaube ich, etwas abhanden gekommen. Jetzt hörte ich, dass Sie wegen eines Kriminalfalls den Wald durchgekämmt haben, und frage mich, ob Sie vielleicht mein Eigentum gefunden haben."

„Nun ja", sagte Schlattmann, „ich glaube nicht ..."

Sie plauderte munter dazwischen: „Es ist ein schwarzer Damenslip. Wissen Sie, normalerweise habe ich genug davon, aber den habe ich gerade letzte Woche in Düsseldorf auf der Kö gekauft, sündhaft teuer.'

Schlattmann, mit Schweiß auf der Stirn, musste mehrmals zu seiner Antwort ansetzen: „Also in der Tat, wir haben ... wir haben einen schwarzen Slip gefunden. Allerdings im Schritt ist er ..."

„Offen", trompetete Marilyn dazwischen. „Das ist er, das ist definitiv mein Slip. Ich bin Ihnen so dankbar. Normalerweise sind die Dinger ja an der Stelle offen, damit man sie nicht auszuziehen braucht. Aber dann hätte ich mir das gute Stück durch den Waldboden versaut. Wissen Sie", erklärte sie dann kokett, „ich hatte auf der Kirmes so einen entzückenden jungen Mann kennengelernt, mit dem war ich im Buchenbrink."

Schlattmann holte die Plastikfolie mit dem Slip unter dem Tresen hervor.

„Ja, das ist er", kreischte sie entzückt.

Lübbing war von dem Auftritt natürlich nichts entgangen und er hatte sich am Kaffee verschluckt, während sich an Schlattmanns Hemd unter den Achselhöhlen verräterische Schweißflecken bildeten. Er entschloss sich, die Initiative zu ergreifen, da der junge Polizist von der Situation offensichtlich überfordert war: „Marilyn", sprach er sie an.

Sie drehte sich zu ihm um und lächelte ihn an.

„Ist Ihnen im Buchenbrink etwas aufgefallen?"

„Nein, nichts. Es war ja auch nicht mehr viel los. Also ich meine, nicht bei meinem Bekannten und mir, da war schon etwas los. Aber ansonsten wurde doch schon abgebaut."

„Abgebaut", echoten Lübbing und Schlattmann gemeinsam. Sie wussten, die Kirmes ging bis zum Sonntagabend.

„Ja, natürlich", erklärte Marilyn. „Keine drei Meter von uns ging einer der Abbauhelfer vorbei, mit einer großen schweren Plane auf der Schulter, der keuchte richtig."

Lübbing setzte sich sprachlos, auch Schlattmann fing sich nur langsam wieder, dann fragte er: „Marilyn, würden Sie am Montag noch einmal vorbeikommen und genauer berichten, was Sie beobachtet haben? Dann ist der Kommissar da, Ihre Aussage kann von größter Wichtigkeit sein."

„Aber klar doch", sagte sie leichthin. „Wäre elf Uhr recht, ich schlafe im Urlaub immer etwas länger."

Schlattmann nickte, sagte mit immer noch ein wenig belegter Stimme: „Können wir Sie auch telefonisch erreichen?"

„Aber sicher, bei meiner Tante. Warten Sie, ich schreibe die Nummer auf meine Karte."

Bevor sie durch die Tür ging, drehte sie sich noch einmal um. Schlattmann tief in die Augen schauend, hauchte sie: „Ich komme gerne wieder. Auch Ihretwegen, junger Mann." Dann entschwand sie und ließ Schlattmann mit einem völlig entrückten Blick zurück.

Lübbing prustete, konnte vor Lachen nur schwer sprechen: „Schlattmann, he Schlattmann, komm mal wieder auf die Erde zurück."

„Ja, was ist?"

„Mensch, das ist vielleicht endlich ein Schritt vorwärts. Ich komme am Montagmorgen auch. Bin gespannt, ob sie uns noch mehr zu sagen hat."

Als Lübbing gegangen war, sah Schlattmann sich in Ruhe die Karte an. Zuerst stach ihm Marilyns Beruf ins Auge. Fotomodell. Dann: „Scheiße."

Er hatte den Namen gelesen. Marilyn, Marilyn von Weidenfels. Sie war die Nichte dieser Generalswitwe mit dem kleinen Dreckskerl von Hund. Sie war praktisch Fiffis Cousine.

Den Rest des Tages sinnierte Schlattmann über die Ungerechtigkeit dieser Welt.

13

Auf der Fahrt in die Stadt überlegte Lübbing, wie er das restliche Wochenende verbringen sollte. Er fühlte sich erschöpft. Nicht nur wegen des Alkohols am Vorabend, mehr noch durch die ganzen Erlebnisse, die im Laufe der Woche auf ihn eingestürmt waren.

„Du brauchst Labsal-Tage für Körper und Seele", befand er und schaute auf die Uhr. Dann fasste er einen Entschluss. Der Markt am Domhof hatte noch geöffnet. Er nahm das Handy, rief seine Mutter an und avisierte die Lieferung seiner schmutzigen Wäsche erst für Montag.

„So, jetzt kann das Wochenende beginnen", dachte er zufrieden.

*

Montagmorgen. Lübbing wachte schon um sechs Uhr auf und fühlte sich gut und behaglich, wie lange nicht. Er hatte das Wochenende wirklich genossen. Hatte sich auf dem Markt alles gekauft, was er für ein selbstgemachtes irisches „Flagadoo" benötigte: Rinderhack, Porree, Lauchzwiebeln, sehr reife Tomaten ...

Während er den Eintopf zubereitete, hörte er Iris DeMents und sang nur ganz leise mit. Im Gegensatz zu seiner sonstigen Gewohnheit, ohne Rücksicht auf Verluste die Lieder, die aus seiner Anlage klangen, lauthals und meistens falsch mitzuträllern, war er bei dieser großartigen Künstlerin immer kleinlaut. Er hatte stets das Gefühl, die Songs würden sonst ihre Faszination verlieren.

My life, it don't count for nothing
When I look at this world I feel so small
My life, it's only a season
A passing September that no one will recall
But I gave joy to my mother and I made my lover smile
And I can give comfort to my friends when they're hurting
And I can make it seem better for a while

Nach dem Essen, zu dem er – nicht ganz stilecht – einen eiskalten Riesling genoss, legte er sich auf die Couch, um zu lesen, schlief aber über seinem Buch ein. Auch am Sonntag ließ er es ruhig angehen. Er war schon früh in der Sauna und hielt sich dort den gesamten Tag auf. Abends wieder daheim, legte er sich schon um acht Uhr ins Bett, ohne noch etwas zu essen. Fünf Saunagänge waren wohl doch etwas viel gewesen.

*

Zufrieden vor sich hin pfeifend, erledigte er seine Morgentoilette, brühte sich einen Kaffee auf und begann, zwischendurch die Wäschetasche für seine Mutter zu packen. Er blickte auf die Uhr, immer noch sehr früh. Er beschloss, im Neumarkttunnel Brötchen zu kaufen und mit seinen Eltern zu frühstücken. Kurz vor Verlassen der Wohnung fiel ihm ein, dass seine Jeansjacke auch mal wieder eine Wäsche vertragen könnte. Also, mit hinein in den Rucksack. Gewissenhaft durchsuchte er vorher die Taschen der Jacke auf nicht-waschbare Inhalte. In der linken Brusttasche fand er tatsächlich noch ein Stück Papier. Der ärztliche Untersuchungsbericht, den Alexander Weber ihm gegeben hatte, mit der darauf vermerkten Blutgruppe seiner Schwester. Er überlegte. Den müsste er wohl Warnecke geben zur Ablage in den Akten.

Er warf noch einmal einen Blick darauf und stutzte. Erst glaubte er falsch gelesen zu haben, doch es war eindeutig – das Blatt bezog sich auf eine HIV-Untersuchung. Lübbing schaute verstört auf das Papier in seiner Hand. Warum hatte Oxana Weber einen AIDS-Test machen lassen? Er kannte sich zwar nicht besonders in dem Thema aus, wusste aber, dass es sogenannte Risikogruppen wie etwa Rauschgiftabhängige gab. Das würde der Vermisstensache noch einen neuen Aspekt hinzufügen. Warnecke musste nachher darüber unbedingt informiert werden.

*

Nach einem sehr schnellen Frühstück bei seinen Eltern, beeilte Lübbing sich, ins Revier zu kommen. Warnecke war bereits da. Er übergab ihm den Zettel, ließ ihn kurz lesen und trug ihm dann seine Vermutung vor: „Könnte es sein, dass sie rauschgiftabhängig ist? Mir fiel das jedenfalls als erste Risikogruppe ein."

Schlattmann bestätigte: „Das ist gut möglich, unter den jugendlichen Aussiedlern ist ein viel höherer Prozentsatz abhängig, als bei den sonst bekannten Gruppen. Sagt zumindest die Statistik. Wir müssten beim zuständigen Dezernat in Osnabrück anfragen, vielleicht ist sie aktenkundig."

Beide blickten Warnecke fragend an.

„Das werden wir auch tun", bemerkte der. „Nur fahrt ihr meiner Meinung nach zu eingleisig."

„Wie meinen Sie das?", wollte Lübbing wissen.

„Babystrich", erwiderte Warnecke lapidar.

„Wie, Babystrich? Glauben Sie wirklich ...?"

„Ingo, wenn dieser imaginäre Babystrich wirklich existieren sollte, sollten wir nicht außer Acht lassen, dass Oxana als Prostituierte gearbeitet haben könnte. Die sind ebenfalls eine Risikogruppe, was den HIV-Virus betrifft. Habe ich Recht?" Lübbing blickte Warnecke an. Der nickte ernst.

Schlattmann gab nicht auf. Er konnte sich Oxana einfach nicht auf dem Strich vorstellen: „Was ist, wenn der Vater sie zu dem Test gezwungen hat, nach Aussagen ihres Bruders Alexander hat er sie mehrfach als Hure bezeichnet?"

Lübbing hatte zwischenzeitlich noch einmal auf den Untersuchungsbericht geschaut, jetzt sagte er: „Nein, wenn der Vater dahinterstecken würde, hätte sie sich nicht drei Jahre älter machen müssen."

Er hielt den Bericht hoch. „Sie ist von sich aus zum Arzt gegangen, hat sich zur Erwachsenen gemacht, so dass sie keine Erlaubnis ihrer Eltern für den Test vorlegen musste."

„Du meinst, sie war ganz freiwillig da, ohne Zwang?", fragte Schlattmann.

„Ohne Zwang, wissen wir nicht", mischte Warnecke sich ein. „Aber die Gesetzeslage ist so, dass ein HIV-Test in Deutschland grundsätzlich nur mit Einwilligung des zu Untersuchenden stattfinden darf. Das wird sie mit Sicherheit unterschrieben haben."

Lübbing bemerkte: „Mir gefällt allerdings nicht, dass wir sofort wieder Schubladen benutzen. Risikogruppe Rauschgiftabhängige, Risikogruppe Prostituierte. Es gibt doch sicher noch andere Gründe für diesen Test."

Warnecke runzelte kurz die Stirn: „Sie haben Recht. Wir gehen also folgendermaßen vor. Wir fragen bei den Kollegen vom Rauschgiftdezernat nach, kontaktieren den Arzt, der die Untersuchung durchgeführt hat, um hoffentlich Näheres zu erfahren, und letztendlich befragen wir die beiden Freundinnen, von denen in der Vermisstenanzeige die Rede ist. Lübbing, Sie sind erst mal außen vor. Wir müssen da ganz offiziell vorgehen. Oder sind Sie anderer Meinung?"

„Etwas schon." Eigentlich hatte Warnecke Recht, das wusste er. Aber er war, auch durch Zutun von Warnecke, jetzt so sehr in den Fall involviert, dass er sich nicht plötzlich mit der Rolle des Zuschauers zufriedengeben wollte. Außerdem hatte er zwei Ideen. „Es ist ja richtig, ich darf nicht polizeilich ermitteln. Aber als Journalist darf ich recherchieren und davon könnten Sie profitieren. Ich könnte mit Alexander reden, bevor die beiden Freundinnen offiziell befragt werden. Es kann doch nur gut sein, wenn wir etwas über die beiden wissen, und Alexander wird sie wohl kennen. Zweitens möchte ich mit jemandem aus diesem kommunalen Jugendtreff reden, vielleicht ist Oxana früher ja mal dahin gegangen."

Warnecke nickte: „Zwei gute Ideen. Ich werde Ihnen über die Gemeinde einen Termin besorgen. Um die Sache mit Alexander kümmern Sie sich direkt, da hängen wir uns nicht rein."

Die Tür des Reviers ging auf und pünktlich auf die Minute erschien Marilyn, das blonde Weltwunder. Fröhlich grüßte sie: „Morgen, meine Herren, da bin ich", und mit einem koketten Blick zu Schlattmann, „und für Sie einen besonders schönen Tag, junger Mann." Der blieb allerdings merkwürdig reserviert. Warnecke bekam Stielaugen, vergaß für einen kleinen Moment, dass er glücklich verheiratet war. Dann schaute er verständnislos zu Lübbing. Der begriff, dass bisher wohl noch niemand daran gedacht hatte, Warnecke von der Aussage Marilyns zu erzählen. Er zog ihn in den Aufenthaltsraum und berichtete ihm.

„Mensch, das könnte eine neue Spur sein, vielleicht kommen wir doch noch aus dieser Sackgasse heraus. Ich werde sofort mit ihr reden."

Als sie in den vorderen Raum zurückkamen, bot sich ihnen ein merkwürdiges Bild. Schlattmann saß leicht geduckt an seinem Schreibtisch, hinter ihm Marilyn, die souverän die Besucherschranke überwunden hatte. Sie hatte sich über Ingos Kopf hinweg nach vorn gebeugt und sagte gerade: „So, so, das sind also die Akten, wo all diese bösen Verbrecher erfasst sind. Muss man sehr tapfer sein, es mit denen aufzunehmen?" Dabei presste sich ihr nicht gerade kleiner Busen fest in Schlattmanns Nacken, was den veranlasste, noch weiter in seinen Stuhl zu rutschen.

Warnecke räusperte sich.

Keineswegs verlegen, richtete Marilyn sich auf und trällerte: „Ich komme schon, Herr Kommissar, das ist ja wahnsinnig, wirklich wahnsinnig interessant, was Ihr junger Kollege hier macht."

Warnecke geleitete Marilyn ins Protokollzimmer, während Schlattmann sich mit rotem Kopf wieder aufrichtete und seinen Nacken massierte.

„Ja, du hast schon eine schwere Last zu tragen", bemerkte Lübbing süffisant.

„Halt's Maul". blaffte Schlattmann. Lübbing stutzte. Das war sonst gar nicht seine Art, er hatte ihn wohl irgendwie auf dem falschen Fuß erwischt. Aber Lübbing kommentierte es nicht weiter.

Die Befragung Marilyns erbrachte nur das, was sie am Wochenende bereits erzählt hatte. Ein Mann, den sie für einen Kirmesarbeiter hielt, war in etwa drei Metern Entfernung an ihr und ihrem Bekannten vorbeigegangen. Den Mann konnte sie nicht beschreiben, dazu sei es zu dunkel gewesen. Aber er habe einen großen, in einer Plane eingewickelten Gegenstand oder einen aufgerollten Teppich auf der rechten Schulter getragen. Mindestens 1,50 Meter lang nach ihrer Schätzung und von einigem Gewicht, da der Mann sichtlich schwer schleppen und dabei laut ächzen musste. Ja, natürlich, ihr Bekannter habe den Mann auch gesehen. Nein, das täte ihr leid, sie würde ihren Bekannten zwar jederzeit wiedererkennen, aber seinen Namen wisse sie nicht.

Nach einer halben Stunde glaubte Warnecke, dass eine weitere Befragung nichts Neues bringen würde, und ging mit Marilyn wieder nach vorne.

Bei der Verabschiedung testete sie noch einmal ihre Chancen bei Schlattmann: „Und was machen Sie heute Abend? Es ist mein letzter Tag hier und ich glaube, wenn Sie nachher mit mir ausgehen würden, könnte es der absolute Höhepunkt meines hiesigen Aufenthaltes werden." Sie fügte vielsagend hinzu: „Und vielleicht nicht nur meiner."

Lübbing war die ganze letzte Woche mit menschlichen Tragödien und Hass konfrontiert worden und hatte die Schnauze voll. Er fühlte sich ausgebrannt und wollte nichts mehr mit alledem zu tun haben; die kurze Erholung vom Wochenende war schon wieder dahin. Warum warf er nicht einfach alles hin? Er könnte der Lokalredaktion irgendeine Krankheit vortäuschen und wäre raus aus der Sache. Dann fielen ihm die Menschen ein, die er erst in den letzten Tagen kennengelernt hatte. Schlattmann, Alexander, Warnecke – und dann war da noch Oxana und ihr ungeklärtes Schicksal.

Schlattmann, sich hinter dem trennenden Besuchertresen auf sicherem Boden fühlend, antwortete reserviert: „Das tut mir leid, aber ich bin heute mit meiner Verlobten bei meinen zukünftigen Schwiegereltern eingeladen."

Marilyn reagierte sichtlich pikiert: „Na, dann wünsche ich Ihnen viel Vergnügen." Und damit entschwand die mondäne Welt der Mode wieder aus der niedersächsischen Provinz.

Lübbing drehte sich zu Schlattmann um. „Sag mal, was war das denn? Verlobte, Schwiegereltern? Das war doch eine einmalige Gelegenheit. Du hättest wahrscheinlich die ganze Nacht kein Auge zugekriegt."

„... und morgen hätten Sie Ihren freien Tag genommen. Wo Sie doch praktisch schon bis zu ihrem Slip vorgedrungen waren", scherzte auch Warnecke fröhlich mit.

Schlattmann blieb kurz angebunden: „Ich kann ihre Verwandtschaft nicht leiden." Eher würde er sich die Zunge abbeißen, als von Fiffi zu erzählen.

14

Eine halbe Stunde später stand Kaiser plötzlich vor ihnen.

„Jan, was machst du denn hier, du bist doch sicher noch krankgeschrieben?", fragte Schlattmann erstaunt.

„Krankgeschrieben ja, aber nicht mehr bettlägerig. Der Arzt hat mir sogar empfohlen, viel spazieren zu gehen und welche Richtung ich dann einschlage, bleibt ja wohl mir überlassen", antwortete Kaiser trotzig. Er baute sich vor Warnecke auf: „Und nun zu Ihnen, Herr Kommissar. Was war das für eine Geschichte mit Schröder und dem Höschen?"

Lübbing mischte sich ein und erzählte recht plastisch die Geschehnisse. Je weiter er mit der Erzählung vorankam, umso mehr gluckste Kaiser vor Vergnügen. Nach Beendigung hatte er erst mal einen Lachanfall, dann sagte er zu Warnecke: „Tut mir leid, wegen meines Auftrittes am Telefon, aber das konnte ich nicht ahnen."

Der winkte ab: „Na ja, war auch schon fast eine theaterreife, absurde Inszenierung. Geradezu fo'sche Dimensionen."

Lübbing staunte. Warnecke überraschte ihn immer wieder. Er hatte schon seinen skurrilen Humor erlebt und er ahnte auch die Sensibilität hinter der Maske des unnahbaren, zynischen Vorgesetzten. Trotzdem erstaunte ihn, dass dieser Mann Dario Fo kannte.

Während Lübbing wartete, dass Schlattmann sich im hinteren Raum seine Zivilkleidung anzog, um ihn zu Alexander zu begleiten, unterhielt er sich mit Kaiser über dessen Familie und vor allem natürlich über das erste Enkelkind. Kaiser war ein sehr stolzer Großvater. Als er aber Schlattmann in Zivil wieder nach vorne kommen sah, war er sofort wieder der strenge Vorgesetzte.

„Was soll das, du bist im Dienst, wo ist deine Uniform?"

Schlattmann versuchte verlegen zu erklären. „Weißt du, bei solchen Gesprächen, die Uniform ..., Hemmschwelle", stotterte er.

„Ja, ja, schon gut", grummelte Kaiser verärgert.

„Da ist man mal ein paar Tage nicht da, und hier geht's drunter und drüber. Lübbing, Du übst einen schlechten Einfluss auf meine Leute aus."

Der schaute ganz unschuldig, bevor er mit Schlattmann das Revier verließ. Er fand, sie beide gaben ein ausgezeichnetes Team ab.

*

Alexander wartete schon auf sie. Er hatte an einem der Tische vor dem Café Platz genommen. Die kleine Nellie war auch dabei und sie strahlte, als sie Schlattmann sah.

„Ingo, ich glaube, du hast eine Eroberung gemacht", scherzte Lübbing.

„Na, endlich", antwortete der fröhlich und hob Nellie zu sich auf den Schoß, während Lübbing die Bestellung aufgab. Er nahm wie immer einen Eiskaffee.

Schlattmann nahm, wie es seiner zurückhaltenden Art entsprach, zunächst nicht am Gespräch teil, sondern beschäftigte sich mit Nellie, die ihm stolz eine hölzerne Puppe zeigte. Lübbing wusste aber, dass er jedes Wort genau mitverfolgen würde.

„Alexander, es geht um diese beiden Freundinnen von Oxana, mit denen sie auf der Kirmes war." Er holte einen Zettel aus der Tasche, „Valeria Bauer und Tatjana Weiss, wir möchten etwas mehr über sie wissen. Kennst du sie?"

Alexander nickte.

„Erzähl", forderte Lübbing ihn auf.

Alexander stellte stattdessen eine Frage, die mehr eine Feststellung war: „Ihr wollt sie verhören, oder?"

„Nicht verhören, befragen. Sie sind schließlich Freundinnen, und die beiden könnten ungefähr angeben, wann sie Oxana das letzte Mal gesehen haben. Das könnte alles sehr wichtig sein."

„Warum ladet ihr sie nicht einfach vor?"

Lübbing seufzte, warum war der Junge plötzlich so bockig. „Alex, hör zu. Du weißt doch, wie misstrauisch du am Anfang warst. Deshalb möchte ich vorher etwas über die Mädchen erfahren, damit wir uns auf das Gespräch vorbereiten können. Wenn wir ihnen gleich ganz offiziell begegnen, blocken sie vielleicht nur ab, oder?"

Wieder nickte Alex.

„Also, was ist, willst du erzählen? Denk an Oxana."

Alexander Weber seufzte: „Okay, was wollen Sie wissen?"

„Beschreibe mir einfach die beiden, so wie du sie siehst."

„Also", begann der junge Mann: „Tatjana Weiss, die müsste so um die einundzwanzig sein. Die ist weit unten, weiter geht es gar nicht. Ich glaube, sie hängt auch an der Nadel. Für mich absolut, wie heißt das, ach ja, asozial. Die hat schon seit Jahren ständig Ärger mit der Polizei. Dabei hat sie, glaube ich, bei einigen Jugendlichen viel Einfluss, vor allem bei jüngeren, aber auch bei einigen älteren. Ich habe sie vor zwei Jahren mal auf einer Hochzeit erlebt. Sie hat andere gegeneinander aufgehetzt und sich amüsiert, als Blut floss. Sie ist ordinär und gemein und immer nur auf ihren eigenen Vorteil bedacht, trotzdem hängen besonders die Mädchen ihrer Clique begeistert an ihren Lippen. Was sie sagt und tut, ist geil und cool für die. Leider gehörte auch Oxana in den letzten Monaten dazu."

„Du hasst sie?", fragte Lübbing dazwischen.

„Nein, ich hasse sie nicht und ich verurteile sie auch nicht. Ich schildere nur, wie sie ist. Sie kann nur wenig dafür, dass sie so geworden ist."

„Das verstehe ich jetzt nicht."

„Sehen Sie", erklärte Alexander, „bei ihr kam eines zum anderen. Familie Weiss ist im selben Jahr nach Deutschland gekommen wie meine Familie, allerdings aus Omsk. Die Mutter starb an Krebs, als Tatjana vierzehn war. Der Vater verlor kurz darauf seine Arbeit und fing zu trinken an. Tatjana und ihr Bruder blieben sich selbst überlassen. Der Bruder packte die Schule nicht und geriet in den Dunstkreis dieser Jugendbanden, er hat Tatjana mitgezogen. Heute hasst sie die ganze Welt, ist bösartig und im Prinzip schon verloren – und Oxana hat zuletzt genauso geklungen wie sie."

„Wie würde sie reagieren, wenn wir sie befragen würden?"

„Gar nicht. Sie würde abblocken. Sie würden überhaupt nicht an sie herankommen. Sie hat wahrscheinlich schon so viele Polizeiverhöre hinter sich, dass sie genau weiß, wie sie die Polizisten auflaufen lassen kann."

„Gut", Lübbing beendete dieses Thema erst einmal. „Was ist mit der anderen, dieser Valeria Bauer?"

Alexander reagierte äußerst zurückhaltend: „Sie ist neunzehn, ich bin mit ihr zur Schule gegangen." Man merkte förmlich, wie er sich zurückzog.

„Na, und weiter."

„Nichts weiter."

Lübbing sah ihn an. Was war plötzlich mit ihm los? Dann kam ihm ein Gedanke. „Du magst Valeria, nicht wahr?"

Alexander taxierte ihn regelrecht, schließlich sagte er: „Wir waren mal zusammen. Und ich mag sie immer noch."

„Erzähl", sagte Lübbing sanft.

„Sie mochte mich auch. Ich hatte mich in sie verliebt, weil sie immer zurückhaltend war, und schön fand ich sie auch. Sie erinnerte mich an ein scheues Reh. Es hat lange gedauert, bis sie einwilligte, sich mit mir zu treffen. Das ging ein paar Monate so, eine schöne Zeit. Dann sind ihre Eltern dahintergekommen und ..."

„Was und?", setzte Lübbing nach.

„Weggeschlossen, sie haben sie einfach monatelang weggeschlossen. Die Mutter begleitete sie zur Schule und holte sie auch wieder ab. Ich hatte keinerlei Möglichkeit, mit ihr zu reden. Von ihrem Bruder erfuhr ich, dass sie den gleichen Terror ertragen musste wie Oxana bei uns. Beide haben dann ja auch den gleichen Weg genommen." Er setzte bitter hinzu: „Hinein ins Vergnügen."

Lübbing schwieg eine Zeitlang. Auch Schlattmann sagte nichts, und selbst Nellie war ruhig, weil sie den Ernst am Tisch zu bemerken schien. Schließlich fragte Lübbing: „Kannst du dir vorstellen, dass die beiden auf den Strich gehen?"

Alexander schreckte hoch: „Valeria auf keinen Fall. Nein, dazu wäre sie nicht fähig. Sie hängt zwar voll in diesen Kreisen drin. Hat gar nicht erkannt, was das für eine Sackgasse ist. Aber auf den Strich, nein."

„Und, Tatjana?"

„Ich sagte doch, ich glaube, dass sie an der Nadel hängt. Dann braucht sie Geld, eine Menge Geld. Ja, ich glaube, sie geht auf den Strich."

„Alexander", sagte Lübbing vorsichtig, „deine Schwester Oxana hatte auch immer Geld, das waren deine eigenen Worte. Du weißt, was das bedeuten könnte?"

Er blickte Lübbing traurig an, sagte aber mit fester Stimme: „Ja, ich weiß, was das bedeuten könnte."

Lübbing lehnte sich erschöpft zurück, eine beschissene Welt war das. Nach einer Minute stand er ruckartig auf und sagte: „Wartet hier, in einer halben Stunde bin ich wieder da."

Er stand auf, ohne ihre Reaktion abzuwarten, überquerte den Marktplatz, ging am Rathaus vorbei, einen schmalen Fußweg zwischen Reihenhäusern hindurch und kam schließlich an den kleinen See in der Parkanlage. Er setzte sich und schaute auf das sich im Wind kräuselnde Wasser. Etwas weiter fütterte eine ältere Dame Enten mit Brotstücken. „Was für eine Idylle", dachte er, „und in der Siedlung, keinen halben Kilometer weiter, gehen Menschen seelisch und körperlich vor die Hunde." Was ging ihn das eigentlich an? „Mitgefangen, mitgehangen", dachte er resigniert.

Aber wie kamen sie mit den Ermittlungen nun weiter? Wenn Alexander Oxanas Freundinnen richtig einschätzte, würden sie Tatjana Weiss niemals zu einer ehrlichen Aussage bewegen können. Wahrscheinlich würde Valeria Bauer dann auch nichts sagen, sie hing zu sehr in der Clique drin. Er überlegte. Nach zehn Minuten nahm Lübbing das Handy und rief Warnecke an. Sie sprachen sehr lange miteinander, bis Warnecke endlich sagte: „Also gut, ich muss zwar bekloppt sein, aber wir machen es."

„Sie besorgen also die nötigen Papiere, den entsprechenden Kollegen und einen Therapieplatz?"

„Ja, ja, ich habe doch gerade gesagt, wir machen es", bellte Warnecke und knallte den Hörer auf.

Lübbing war zufrieden, jetzt musste er nur noch Alexander überzeugen. Auf dem Rückweg zum Eiscafé dachte er: „Potemkinsche Dörfer, alles nur potemkinsche Dörfer." Er konnte schon wieder schmunzeln.

Als er später mit Schlattmann zum Revier zurückfuhr, legte der die Holzpuppe von Nellie auf das Armaturenbrett. „Hat die Kleine mir geschenkt", erklärte er mit Stolz.

„Matrioshka", sagte Lübbing.

„Was ist?"

„Matrioshka, so heißen diese Puppen. Russische Holzkunst, meistens übrigens Handarbeit. Sie sind ein Symbol der Mutterschaft und Fruchtbarkeit. Schau mal, sie sind innen hohl. In der äußeren großen Puppe steckt eine kleinere und in der eine noch kleinere." Er begann, die einzelnen Puppen aus der jeweils größeren herauszuholen. Schlattmanns Augen wanderten zwischen Straße und dem, was Lübbing fabrizierte, hin und her.

„Sieben", sagte er schließlich zufrieden, „insgesamt sieben Puppen."

„Sag mal", fragte Ingo, „woher weißt du das mit den Puppen?"

„Ich sagte doch, das ist russische Volkskunst, die später auch von der Sowjetunion übernommen wurde. Du sitzt hier immerhin mit einem ehemals sehr aktiven Linksradikalen im Auto." Den Rest der Fahrt amüsierte er sich über Schlattmanns entsetztes Gesicht.

Auf dem Revier bat er ihn, den Computer benutzen zu dürfen. Nach 45 Minuten war sein Bericht für die Lokalzeitung fertig. Er mailte ihn zu Schwalbach und speicherte eine Kopie für sich auf Diskette ab.

15

Das Unternehmen „Potemkin", wie Lübbing es für sich getauft hatte, begann am nächsten Morgen um kurz vor acht. Die Polizisten Dirk Wenzel und Heinz Schleswig setzten sich hinten in den Kleinbus, der ganz bewusst von einem Kollegen in Zivil aus Osnabrück gesteuert wurde.

Wenig später hielt der Wagen vor einem Haus in der ehemaligen NATO-Siedlung. Die Polizisten gingen in den ersten Stock und klingelten an einer Wohnungstür. Auf dem Schild über der Klingel stand in Schönschrift „Familie Bauer". Eine Frau mittleren Alters öffnete. Als sie die Polizisten sah, wurde ihr Blick ängstlich, und als Wenzel streng nach Valeria fragte, begann sie, laut zu jammern. Daraufhin kam ein junges Mädchen aus einem Zimmer. Die Frage, ob sie Valeria Bauer sei, bejahte sie leise. Sie wurde vorläufig festgenommen. Schleswig forderte sie auf mitzukommen. Ohne weitere Worte nahm sie eine Jacke von der Garderobe und ging mit.

Das Gleiche wiederholte sich einige Minuten später und zwei Straßen weiter an der Wohnungstür von Tatjana Weiss. Nur dass die den Polizisten die Tür vor der Nase zuschlagen wollte. Da die beiden Beamten aber von Lübbing vorgewarnt worden waren, hatte Wenzel rechtzeitig den Fuß in der Tür. Lautstark protestierend und die Beamten beschimpfend kam Tatjana Weiss schließlich mit. Heinz Schleswig wurde das ganze Gekreische schließlich zuviel. Mit geradezu goliathscher Stimme – er sang den ersten Bass im örtlichen Männergesangverein – dröhnte er: „Halt endlich das Maul." Da verstummte sogar Tatjana Weiss. Nun war es aber nicht so, dass ein derartiger Satz zum täglichen Sprachgebrauch Heinz Schleswigs gehörte, aber er beherzigte die Anweisung von Warnecke, notfalls einmal „die ihnen angeborene Höflichkeit zu vergessen", wie der es gegenüber den beiden Beamten ausgedrückt hatte.

Tatjana Weiss stutzte, als sie bereits Valeria Bauer in dem Polizeiwagen sitzen sah. Valeria sprach sie auf russisch an, worauf sie rau und hektisch antwortete. Es war, als erteile sie einen Befehl.

Da drehte sich der Fahrer des Wagens zu den beiden Mädchen um und sagte, ebenfalls auf russisch: „Guten Tag, meine Damen. Es freut mich unendlich, mal wieder vertraute Laute aus der alten Heimat zu hören", und zu Tatjana Weiss gewandt fuhr er im munteren Plauderton fort: „Aber Sie sollten Ihrer Freundin nicht so über den Mund fahren. Etwas mehr Höflichkeit macht das Leben viel leichter. Sie können sich natürlich weiter auf russisch unterhalten, ich höre gerne zu."

Den Rest der Fahrt herrschte Schweigen.

Im Polizeirevier wurden sie bereits von Lübbing und Warnecke erwartet. Die beiden Mädchen wurden gebeten, sich auf eine Bank zu setzen, dahinter bauten sich Wenzel und Schleswig auf, als erwarteten sie jeden Moment einen Fluchtversuch. Auch der russisch sprechende Beamte blieb im Raum.

Warnecke musterte die beiden streng. Valeria wirkte eingeschüchtert und war anscheinend den Tränen nahe, Tatjanas Blick wirkte trotzig und überheblich. Sie legte gleich los: „Was soll die Scheiße hier, was ist das für ein beschissener Grund, der euch erlaubt, uns festzunehmen?"

Schleswig legte von hinten seine Hand auf ihre Schulter. „Hey", dröhnte er, „Ruhe!" Er genoss ganz offensichtlich seine Rolle als unsympathischer Gesetzeshüter.

Warnecke assistierte: „Genau, Ruhe. Sie reden nur, wenn Sie gefragt werden. Also legen wir mal los. Sie beide haben ausgesagt, dass Sie Oxana gegen circa zehn Uhr das letzte Mal gesehen haben, ist das richtig?"

Valeria nickte, Tatjana blaffte: „Ja, und?"

Warnecke fuhr unbeirrt fort: „Sie haben sie also später wirklich nicht mehr getroffen?"

„Haben wir doch gesagt, was soll der ganze Mist hier?", fuhr Tatjana ihn an.

„Chef, soll ich sie wegsperren, dann ist endlich Ruhe", dröhnte Schleswigs Bass im Rücken von Tatjana, die sich angesichts der Phonstärke tatsächlich etwas duckte.

„Mann, Schleswig", dachte Lübbing, „du spielst deinen Part wirklich perfekt."

Auch Warnecke wurde jetzt lauter: „Sie lügen. Es gibt einen Zeugen, der Sie beide später noch mit Oxana in der Nähe des Fundortes ihres Schuhs gesehen hat. Sie haben sich laut mir ihr gestritten!"

„Was?", Tatjana war schreiend aufgesprungen, wurde von Schleswig aber sofort wieder auf ihren Stuhl gedrückt. „Was ist das für ein Scheißspiel hier? Alles abgekartet, Schwachsinn, Ihr seid ja wahnsinnig, das lass ich mir nicht gefallen. Ihr glaubt wohl, das könnt ihr uns anhängen, weil ihr nicht weiterkommt. Alles Wichser hier." Sie schwieg, von ihrem eigenen Ausbruch erschöpft.

Valeria wirkte ratlos, als verstehe sie das Geschehen um sie herum nicht.

Warnecke griff zum Telefon: „Bringen Sie den Zeugen herein."

Die Tür ging auf. Herein kam Alexander Weber in Handschellen. Hinter ihm Schlattmann. Aber nicht der liebenswerte, hilfsbereite Streifenpolizist, sondern ein Schlattmann mit martialischem Blick, die Dienstwaffe im Halfter an der rechten Seite. Schlattmann, der einen Schwerverbrecher vorführte. Er stieß Alexander grob von hinten in die Schulter, sodass er nach vorne stolperte und zwei Meter vor den Mädchen zum Stehen kam. Die begriffen nichts mehr.

Warnecke fragte: „Herr Weber, sind das die beiden, die Sie mit Ihrer Schwester im Wald gesehen haben?"

Alexander blickte beide nacheinander an, wobei sein Blick etwas länger bei Valeria verharrte.

„Eindeutig", sagte er.

Valeria sah ihn entsetzt an: „Alex! Alex, das stimmt doch nicht. Das kannst du doch nicht sagen."

Er drehte sich zu Warnecke um: „Es sind die beiden, ganz klar."

Tatjana versuchte, sich auf Alexander zu stürzen, wurde aber von Schleswig mit beiden Händen eisern in den Stuhl gedrückt. Sie tobte: „Du Arsch. Dafür mach ich dich fertig. Warum tust du das? Das werde ich dir heimzahlen. Was bist du diesen Bullen schuldig?"

Warnecke holte zum finalen Schlag aus, wie mit Lübbing besprochen: „Er ist uns gar nichts schuldig. Nur macht es sich bei der Staatsanwaltschaft gut, wenn man der Polizei weiterhelfen will. Und gute Karten braucht er, wir haben ihn mit einer größeren Menge Ecstasy erwischt."

Lübbing sah, wie es in ihrem Hirn arbeitete. Hoffentlich gingen ihre Gedanken in die Richtung, die er sich wünschte. Eine größere Menge Ecstasy bedeutete einen längeren Knastaufenthalt, bei einem Geschäft mit der Staatsanwaltschaft würde die Zeit erheblich kürzer, er würde seine Aussage nicht zurücknehmen. „Hoffentlich gehen ihre Gedanken in diese Richtung", murmelte er vor sich hin, was ihm einen verwunderten Blick von Warnecke einbrachte.

Tatjana hatte zu Ende gedacht, sie wurde wieder laut: „Das ist doch alles Schwachsinn. Alex, vollkommener Blödsinn. Ich bring doch nicht mein bestes Pferd im Stall um. So blöd ..." Sie verstummte, ihr wurde klar, was sie gerade gesagt hatte.

Betretenes Schweigen herrschte im Raum. Nur aus Alexanders Kehle kam ein gequältes Stöhnen.

„Was ist das nur für eine Welt?", verzweifelte Lübbing. „Eine 21-Jährige schickt ein 15-jähriges Mädchen auf den Straßenstrich. Was für eine beschissene Welt!"

Warnecke unterbrach die Stille: „Na also, so war das. Oxana ging also auf den ..." Er unterbrach sich, weil er den Blick von Alexander aufgefangen hatte. Nachdem er sich einige Male verlegen geräuspert hatte, sagte er zu Schleswig: „Du kannst Tatjana Weiss jetzt wegsperren."

Die aber hatte ihre Fassung wiedergewonnen, sie protestierte lautstark: „Moment mal, das darfst du überhaupt nicht. Das sind alles unbewiesene Anschuldigungen. Es steht Aussage gegen Aussage. Ich habe einen festen Wohnsitz. Du musst mich freilassen, Oberbulle."

Warnecke sagte dienstlich korrekt: „Sie haben eben selbst zu verstehen gegeben, dass Sie Minderjährige auf den Strich schicken, das reicht allemal, um Sie vorerst einzubuchten. Sie können selbstverständlich Ihren Anwalt informieren."

Aber Tatjana hatte noch einen Trumpf im Ärmel. „Trotzdem darfst du mich nicht wegsperren. Ich bin BTM, verstehst du? Betäubungsmittelabhängig. Ihr dürft mich nur in eine Therapie einweisen, nicht in den Knast."

Warnecke war jetzt ganz der verständnisvolle Kommissar: „Ach, das ändert die Situation natürlich. Aber warten Sie mal, da war doch was." Er wühlte in einigen Papieren auf seinem Schreibtisch und hielt schließlich triumphierend ein Blatt hoch.

„Hier, sehen Sie, da ist doch tatsächlich gestern Abend ein Therapieplatz frei geworden. Schleswig, abführen!"

Tatjana wurde blass. „Was ...", brachte sie gerade noch heraus, dann verstummte sie und ließ sich widerspruchslos rausbringen.

Valeria hatte das Gespräch während der letzten Minuten verständnislos verfolgt. Jetzt sah sie, wie Alexander Schlattmann die Hände hinhielt. Der löste die Handschellen und schlug ihm freundschaftlich auf die Schulter. Alexander trat auf Valeria zu.

„Alex, was ...?"

„Sssh", sagte er leise. „Es war nur Theater, das wir aufgeführt haben. Alles wird gut."

„Aber warum?"

„Wir möchten, dass du aussagst, was wirklich passiert ist. Und das hättest du doch nie getan, solange Tatjana noch mit im Spiel war. Bitte, hilf uns. Ich kann mit dieser Ungewissheit über Oxana nicht mehr leben."

Sie stand auf, schaute Alexander eine Weile unsicher prüfend an und sagte dann: „Ja, ich werde aussagen." Sie lehnte ihren Kopf an seine Schulter und begann zu weinen. „Alex, ich habe das nie mitgemacht", schluchzte sie. „Ich bin nie mit jemandem mitgegangen, die anderen haben mich deshalb oft gehänselt. Ich bin nur in der Clique gewesen, weil ich nicht mehr wusste wohin."

„Das weiß ich doch." Er streichelte vorsichtig ihre Wange.

Die anderen im Raum wurden verlegen. Warnecke räusperte sich wieder mehrere Male und sagte schließlich: „Die Aussage können wir auch noch morgen aufnehmen. Alexander, begleitest du die junge Dame nach Hause? Ich glaube, sie kann jetzt ein wenig Zuwendung gebrauchen."

Als sich die beiden verabschiedet hatten, löste sich bei den anderen die Anspannung der letzten Minuten. Lübbing ulkte: „Mensch, Schleswig, das war oscarreif, was Sie da hingelegt haben."

„Na ja, ich mische nebenbei noch in einer plattdeutschen Theatergruppe mit."

„Spielen Sie da immer den Kerkermeister?", wollte Warnecke belustigt wissen.

„Nee, eigentlich immer den Dorftrottel", antwortete Schleswig treuherzig. Das allgemeine Lachen wirkte befreiend.

„Ihre Inszenierung war aber auch nicht ohne, Lübbing", lobte Wenzel, „sauberes Drehbuch."

Der russisch sprechende Kollege aus Osnabrück wollte gehen und Warnecke bedankte sich bei ihm.

„Keine Ursache, das war mal was anderes."

„Falls wir Sie noch mal brauchen, melden wir uns wieder."

Der Mann drehte sich grinsend noch einmal um: „Das muss nicht sein. Ich will mich nicht ständig am Rande einer Dienstaufsichtsbeschwerde bewegen." Dann ging er durch die Tür.

Die heitere Stimmung hielt an, nur Schlattmann wirkte etwas bedrückt.

Lübbing boxte ihn in die Seite: „Was ist denn los, Ingo, ist doch alles prima gelaufen."

Schlattmann schaute ihn zweifelnd an: „Das schon. Aber wie bringen wir bloß Kaiser bei, was hier stattgefunden hat? Der zerreißt uns in der Luft."

16

Lübbing wachte am anderen Morgen gut gelaunt auf. Er würde nachmittags zum Revier fahren, um sich nach Valerias Aussage zu erkundigen. Erst danach wollte er den nächsten Artikel in der Lokalredaktion abliefern. Es gehörte zu seinem persönlichen Berufsethos, dass er immer von Fakten ausging, nicht von Spekulationen. Er beschloss, den Vormittag zu nutzen, um seine Wohnung auf Vordermann zu bringen. Er war gerade dabei, seine Grünpflanzen zu wässern und fragte sich, ob er die Schusterpalme noch umpflanzen könne oder ob es schon zu spät im Jahr sei, als das Telefon klingelte. Schwalbach vom Lokalen war dran.

„Lübbing, können Sie sofort rüberkommen?" Seine Stimme klang hektisch.

„Was gibt es denn so Wichtiges? Ich habe gerade ein kleines Date mit meinen Blumen", fragte Lübbing fröhlich.

„Vergessen Sie die Blumen. Hier ist der Teufel los."

Jetzt war er doch interessiert: „Wegen der Vermisstensache?"

„Nein, wegen Ihres Artikels, der heute erschienen ist. Kommen Sie her." Und schon hatte er aufgelegt.

„Nun wird es spannend", dachte Lübbing. Er konnte sich beim besten Willen nicht vorstellen, was mit seinem Artikel sein sollte. Er hatte geschrieben, wie die aktuelle Entwicklung war, natürlich in Absprache mit Warnecke, wie vereinbart. Und er hatte noch ein paar allgemeine Informationen über das Verhältnis zwischen Aussiedlern und anderen Bürgern eingeschoben. Danach hatte er sorgfältig gegengelesen und festgestellt, sich ganz korrekt an die Fakten gehalten zu haben. Er war eigentlich zufrieden mit seiner Arbeit, fand den Artikel recht gelungen.

*

Schwalbach war nicht allein in seinem Büro. Er stellte seinen Besucher kurz vor: „Lübbing, das ist unser stellvertretender Verlagsdirektor Jensen."

Der Mann nickte nur kurz, Händeschütteln war also überflüssig. „Nun wird es wirklich sehr spannend", dachte Lübbing wieder, „der Verlagsdirektor beschäftigt sich mit einem kleinen freiberuflichen Mitarbeiter."

Schwalbach sagte freudlos: „ Was haben Sie sich bei Ihrem gestrigen Artikel eigentlich gedacht?"

Lübbing sagte erst mal gar nichts, er schaute recht verständnislos.

„Zugegeben, es war auch mein Fehler", fuhr Schwalbach fort. „Hier war gestern durch den Besuch des Staatssekretärs eine ziemliche Hektik." Er schaute den Direktor um Entschuldigung heischend an. „Ich bin nicht dazu gekommen, den Artikel gegenzulesen. Der ist einfach so durchgelaufen. Lübbing, und dann liefern Sie so einen Mist ab."

„Und was war an dem Artikel so schlimm?", fragte er konsterniert.

Jetzt mischte Jensen sich ein, er hielt die aktuelle Zeitung mit dem Artikel hoch.

„Was daran so schlimm ist? Sagen Sie, sind Sie so naiv oder tun Sie bloß so? Ich darf mal zitieren: Sozialer Brennpunkt, Ausgrenzung einer Bevölkerungsschicht, Fremdenfeindlichkeit. Das reicht doch wohl!"

„Ich habe nur die Stimmung im Ort wiedergegeben. Das sind Äußerungen, die mir gegenüber getan wurden, wörtliche Zitate, auch von Amtsträgern, wie den Polizisten auf der Dienststelle."

Jensen ließ sein Argument nicht gelten: „Es ist mir, gelinde gesagt, ziemlich egal, auf wen Sie sich beziehen. Ich habe vorhin fast eine Stunde damit zugebracht, diverse Kommunalpolitiker zu beruhigen. Einer unserer Anzeigenvertreter ist im hohen Bogen bei einem Kunden rausgeflogen. Dass der avisierte Auftrag storniert wurde, brauche ich wohl nicht zu erwähnen."

„Aha", dachte Lübbing, „aus der Ecke weht der Wind." Laut und deutlich sagte er: „Scheiße!"

Schwalbach schaute entsetzt, Jensen glaubte, nicht richtig gehört zu haben. „Wie bitte?"

Lübbing wiederholte: „Ja, absolute Scheiße. Ich habe nur wiedergegeben, was andere in aller Öffentlichkeit kundgetan haben.

Ganz korrekt. Was soll daran falsch sein, nur weil einige Polit-fuzzies die Wahrheit nicht sehen wollen. So ist nun einmal die Stimmung in der Bevölkerung. Aber das ist typisch für das ehr-bare Bürgertum, am liebsten würden sie die Menschen wieder Richtung Osten schicken. Aber erst einmal eine Decke über alle Probleme und die ganze Misere möglichst darunter versteckt halten. Ruhe ist die erste Bürgerpflicht. Mich kotzt das an!"

Jetzt ging Jensen an die Decke: „Das muss ich mir nicht anhören. Sagen Sie mal, sind Sie wirklich so weltfremd mit Ihrer morali-schen Keule? Wir sind auf eine Zusammenarbeit mit der Kom-mune angewiesen. Sind die sauer auf uns, gibt es schlechte Flü-sterpropaganda – und schon geht der Anzeigenumsatz zurück, so einfach ist das in einem kleinen Kaff. Ich bin hier für ein florie-rendes Geschäft und damit auch für die Sicherung von Arbeits-plätzen zuständig, da ist mir die Jacke näher als die Hose."

„Dir geht doch nur der Arsch auf Grundeis, weil du der Verle-gerfamilie berichten musst", dachte Lübbing, sagte aber nichts und wartete ab.

„Die weiteren Recherchen zu diesem Fall", erklärte Schwalbach, „wird ein Kollege übernehmen, das haben wir so beschlossen."

„Von wegen beschlossen", dachte Lübbing wieder, „du hast doch nur einen Befehl deiner Vorgesetzten übermittelt."

„Wie Ihre Stammredaktion Sondervorhaben nach dieser Affäre entscheidet, geht uns natürlich nichts an. Da mischen wir uns nicht ein", fügte Schwalbach recht generös hinzu.

Lübbing war entlassen. Die Klinke schon in der Hand, drehte er sich noch einmal um. „Meine Herren, denken Sie in den nächsten Tagen daran, den Titelbalken auf der ersten Seite zu ändern. Ich meine mich erinnern zu können, dort die Worte *unabhängig – über-parteilich* gelesen zu haben. Das ist ja wohl ein schlechter Scherz." Dann schloss er die Tür. Das war zwar nur ein Rückzugsgefecht gewesen, aber es hatte ihm gut getan.

Vor dem Verlagsgebäude holte er tief Luft. Er überlegte. Am besten zunächst in sein Eiscafé, um sich zu beruhigen Er hatte erst einige Meter zurückgelegt, als sein Handy klingelte. Bensmann, von der Redaktion Sondervorhaben war dran.

„Hallo Lübbing, wie geht's?"

„Patrick, du hast es also auch schon gehört?"

„Wir reden hier seit heute Morgen von nichts anderem. Wie war dein Termin bei Jensen und Schwalbach?"

„Ich bin raus aus der Sache."

Lübbing hörte wie Bensmann seufzte: „Tut mir leid. Können wir uns unterhalten?"

„Bitte nicht mehr heute. Ich bin noch zu sauer."

„Gut, dann komm gleich morgen früh rein."

Lübbing eilte weiter zum Café. Er brauchte dringend seine Nervennahrung.

*

Da er nichts Besseres vorhatte, entschoss sich Lübbing am Nachmittag, zur Polizeidienststelle zu gehen. Er war zwar jetzt aus der Sache raus, Valeria Bauers Aussage interessierte ihn aber dennoch.

Jan Kaiser, wieder im Dienst, schaute ihn wütend an. Auch Warnecke schien nicht gerade besonders guter Laune zu sein. Lediglich Schlattmann war verlegen, grüßte ihn und schaute dann wieder in seine Akten.

Warnecke begann: „Lübbing, da haben Sie voll in ein Wespennest gestochen. Mein Vorgesetzter war gar nicht erfreut, dass er sich telefonisch vor irgendwelchen Menschen, die sich für wichtig halten, rechtfertigen musste. Den Termin beim Jugendtreff können Sie auch vergessen, der wurde abgesagt. Mensch Lübbing, Kaiser hat mir gesagt, dass Sie eine Vorliebe für Fettnäpfchen haben. Aber das ist eines, da stecken Sie nicht nur bis zu den Knöcheln drin, das geht Ihnen bis zum Hals. Unsere höhere Dienststelle lässt Ihnen mitteilen, dass man an einer weiteren Zusammenarbeit nicht mehr interessiert ist."

„Die Zeitung hat mir sowieso die Zusammenarbeit in diesem Fall aufgekündigt. Aber mal ehrlich", er wandte sich an Kaiser und Warnecke, „habe ich irgendetwas Falsches geschrieben?"

Die beiden schauten sich betroffen an.

Schlattmann platzte dazwischen: „Lübbing ist im Recht!"

„Danke, Ingo", antwortete der schlicht. Dann sprach er wieder Warnecke an: „Ich bin zwar nicht mehr beruflich hier. Mich würde aber trotzdem interessieren, was Valeria Bauer ausgesagt hat. Kann ich die Akte sehen?"

Warnecke zögerte, dann gab er Kaiser einen Wink, Lübbing die Akte zu geben.

„Aber setz dich nach hinten in den Aufenthaltsraum. Braucht dich ja nicht jeder hier zu sehen."

Lübbing empfand das als Vertrauensbeweis. Außerdem hatte Warnecke ihn geduzt.

*

Die Aussage von Valeria Bauer war ebenso aufschlussreich wie niederschmetternd. An dem betreffenden Kirmesabend war sie tatsächlich mit Oxana Weber und Tatjana Weiss unterwegs gewesen. An einer Bierbude trafen sie einen Mann in mittleren Jahren, der sich für Oxana interessierte. Nach einigen Bieren nahm Tatjana Oxana an die Seite und sprach kurz mit ihr. Einige Minuten später ging Oxana folgsam mit dem Mann über den Friedhof Richtung Buchenbrink. Das war das letzte Mal, dass sie ihre Freundin gesehen hatte. Eine Personenbeschreibung des Mannes war beigefügt, aber ziemlich belanglos und vage. Valeria Bauer hatte den Mann vorher und seit diesem Abend nie mehr gesehen.

„Wahrscheinlich wird es bei Tatjana Weiss nicht anders sein", dachte Lübbing.

Er las auch noch die Aussage über den Straßenstrich. Tatjana Weiss war ganz klar federführend gewesen. Polizeikontrollen ging sie aus dem Weg, indem sie an den relevanten Ortseinfahrten Posten platzierte, die für ein paar Euro Tatjana per Handy informierten, sobald sie einen Polizeiwagen oder ein anderes verdächtiges Fahrzeug sahen.

Lübbing schloss die Akte, ging in den vorderen Raum, und gab sie Kaiser zurück. Darüber reden mochte er jetzt nicht und verabschiedete sich mit einem schlichten: „Auf Wiedersehen."

17

Die nächsten drei Wochen waren für Lübbing frustrierend. Zwar hatte ihm Patrick Bensmann versichert, dass er weiterhin für die Redaktion Sondervorhaben arbeiten könne. Er würde ihn in nächster Zeit etwas aus der Schusslinie nehmen und verstärkt in den Bezirksausgaben einsetzen, doch Lübbing hatte abgelehnt.

„Patrick, ich kann und will das nicht. Mit meiner Arbeit Opportunisten wie Schwalbach und Jensen die Karriereleiter putzen."

Bensmann seufzte: „Eigentlich war mir das klar. Aber sei nicht zu böse mit solchen Menschen wie Schwalbach. Sie verteidigen eben ihre Pfründe, weil sie die brauchen. Schwalbach ist Witwer und hat eine behinderte Tochter, ein Einzelkind. Es sind nur noch wenige Jahre bis zu seiner Pensionierung. Wenn der jetzt rausfliegt, kriegt er in der Branche kein Bein mehr auf die Erde. Du dagegen bist nur für dich selbst verantwortlich. Und abgesehen von deinen Büchern und CDs hängst du nicht sehr an materiellen Werten. Vor allem aber brauchst du nicht für andere zu sorgen wie Schwalbach."

Lübbing dachte an Karla, die Wirtin vom *Eichenkrug*, die hatte Ähnliches geäußert. Er würde darüber nachdenken müssen.

„Bei Jensen gebe ich dir recht", fuhr Bensmann fort, „der ist als knallharter Sanierer geholt worden, mit einem zeitlich befristeten Vertrag. Erreicht er die ihm gesetzten Ziele, geht er mit einer schönen Zusatzprovision zur nächsten Zeitung."

Lübbing mochte darüber nichts mehr hören, er stand auf und bot Bensmann die Hand an: „Patrick, ich danke dir trotzdem für das Angebot."

„Mach's gut, wenn ich mal irgendetwas Interessantes höre, melde ich mich."

Und Patrick hielt Wort. Zunächst sorgte er dafür, dass trotz des ganzen Ärgers für die veröffentlichten Artikel und Fotos ein anständiges Honorar gezahlt wurde. Dann meldete sich nach ein paar Tagen ein Wochenmagazin bei Lübbing. Der Anrufer bezog sich auf Bensmann, und zeigte Interesse an Lübbings Arbeit über

Oxana Weber und die Aussiedlerproblematik. Bensmann hatte ihm sogar schon alles geschickt, was in der Tageszeitung veröffentlicht worden war, und der Redakteur war bereit, es mit einigen Änderungen zu veröffentlichen. Falls sie sich auf einen Honorarsatz in der Höhe einigen würden, wie Lübbing ihn von der Regionalzeitung bekommen hatte. könne die Zusammenarbeit sofort beginnen. Er nannte die Zahlen. Lübbing war sprachlos. Bensmann hatte bei den Honorarangaben gnadenlos gelogen, es war fast das Dreifache von dem sonst gewohnten Satz.

Lübbing sagte zu. Die Zeitschrift war ihm als äußerst seriös bekannt. Er versprach, sich wöchentlich zu melden oder öfter, wenn sich etwas Neues ergab, und legte ziemlich fassungslos den Hörer auf. Patrick hatte sich als wahrer Freund erwiesen. Er musste daran denken, sich bei ihm zu bedanken.

*

War er zunächst durch den Anruf des Wochenmagazins wieder motiviert – er hatte Schlattmann angerufen, dass er wieder im Geschäft sei, und der hatte Warnecke und Kaiser sogar überzeugen können, ihn bei einer neuen Entwicklung zu informieren – so waren die folgenden zwei Wochen schlimm. Im Fall Oxana Weber passierte nichts. Die Polizei trat auf der Stelle. Ein Phantombild war angefertigt worden, aber Valeria Bauer hatte den Mann, mit dem Oxana zum Buchenbrink gegangen war, nur wenige Minuten in den flackernden Lichtern der Karussells und Stände gesehen, so war es ein ziemliches hoffnungsloses Unterfangen. Zwar bewies der Redakteur des Wochenmagazins Geduld und drängte ihn nicht, irgendeinen Blödsinn zu schreiben, obwohl nichts zu schreiben war, aber er fühlte sich von der ganzen Welt im Stich gelassen. Zu allem Überfluss war auch noch Helen in Urlaub gefahren. Sie hätte ihn gerne mitgenommen, aber er war bockig gewesen: „Ich will nicht in so einem beschissenen Robinson-Club herumhopsen, Cuba Libre trinken und den ganzen Tag einer grässlich heißen Sonne ausgesetzt sein, während sich neben mir Frau Sawitzki aus Wanne-Eickel mit fettigem Sonnenöl einreibt."

Helen war sauer. Vor ihrer Abreise hatte sie sich nicht mehr gemeldet.

Lübbing zerfloss allmählich in Weltschmerz und Selbstmitleid. Er wurde immer schwermütiger, hatte nur noch düstere Gedanken und hatte sich in den letzten 14 Tagen schon dreimal heftig betrunken. Zweimal hatte er die Kellnerin vom *Pink Piano* mit nach Hause genommen, bis er ernüchternd feststellte, dass weder der Sex zwischen ihnen einigermaßen befriedigend war, noch dass sie sich irgendetwas zu sagen hatten. Hinzu kam noch ein Streit mit seiner Mutter, weil er ein Wochenende mit einer strengen Alkoholfahne, unrasiert und ungepflegt zu Besuch erschienen war. Dann kam ihm die Idee, Rainer Holm anzurufen. Der war aber nie zu hause und hatte keinen Anrufbeantworter, und die Kneipen von Belm wollte er nach seinem letzten Besuch meiden.

Nein, Lübbing fühlte sich miserabel an diesem Abend. Immerhin hatte er sich vorgenommen, den Alkoholkonsum dieses Mal auf eine Flasche Riesling zu beschränken. Die „Einsamkeitsvögel" waren wieder da. Er lag mit der halbgeleerten Flasche auf der Couch und hörte die „Stranglers":

When I rest my weary head,

After all my words are said.

When my eyelids close with the weight of a hundred years.

Please let me down easy, let me down easy.

My boat can slip away into a calmer sea.

Let me down easy,

I know there'll be nothing to fear.

„Scheiße, Helen, warum musste es ausgerechnet ein Robinson-Club sein?", murmelte er vor sich hin. Er weinte.

*

Valeria Bauers Großmutter war Dienstagnacht friedlich im Schlaf verschieden; im gesegneten Alter von 92 Jahren. Die Beerdigung fand am darauf folgenden Freitagnachmittag statt. Die Familie versammelte sich in der Friedhofskapelle südlich des Buchenbrinks, auch einige Nachbarn kamen und überraschend viele ältere Leute.

Bei ihnen war das Zusammengehörigkeitsgefühl noch ausgeprägter als bei den jüngeren Aussiedlern. Der Pfarrer hielt seine standardisierte Beerdigungspredigt, flocht aber sehr nett einige Begebenheiten ein, die er wohl von der Familie gehört hatte. Danach setzte sich der Trauerzug zum Friedhof in Bewegung. Während der evangelische östlich vom Buchenbrink an der Lindenstraße lag, ging es zum katholischen an abgeernteten Feldern vorbei in südlicher Richtung. Die Leichenhalle mit angrenzender Kapelle, die von allen Konfessionen genutzt wurde, hatte man praktischerweise in der Mitte zwischen den beiden Friedhöfen erbaut.

An diesem unfreundlichen Herbsttag war jeder bestrebt, nach der Beerdigungszeremonie möglichst schnell nach Hause zu kommen. Die Familie hatte Nachbarn und Verwandte zu einem Mahl in die gute Stube gebeten. Überraschenderweise war auch Alexander Weber eingeladen worden, was ihn selbst ziemlich sprachlos machte. Es war ihm zwar peinlich, aber er hatte sich nach der Einladung doch wirklich auf diese Beerdigung gefreut! Es war das erste Mal, dass er im Kreise der Familie Bauer verkehrte. Er wusste allerdings auch nicht, dass Valeria kategorisch ihren Besuch der Beerdigung verweigert hatte, wenn er nicht eingeladen würde. Sie war in letzter Zeit immer selbstbewusster geworden, was sie selbst am meisten freute. Nach dem Mahl machte sich die Familie, mit Alexander, noch einmal zum Friedhof auf. Sie wollten der Großmutter in aller Stille gedenken und sehen, wie das nun sicherlich schon geschmückte Grab aussah. Valeria und Alexander gingen als Letzte.

Die Friedhofsgärtner platzierten gerade die letzten Kränze und Sträuße auf dem Grabhügel und machten der Trauergemeinde ehrerbietig Platz. Als Valeria einen Blick auf sie warf, wurde sie blass. Sie griff nach Alexanders Hand und hielt sie ganz fest. „Was ist denn los?", flüsterte er erstaunt.

Sie beugte den Kopf zu seinem Ohr: „Der Mann da, der zweite von links, das ist er."

Alexander verstand immer noch nichts: „Ist wer?"

„Der Mann, mit dem Oxana am Kirmesabend in den Wald gegangen ist!"

Alexander wurde blass, hatte sich aber schnell wieder gefasst. Er schob Valeria hinter die anderen Trauergäste: „Dreh dein Gesicht weg. Er soll dich nicht sehen. Bist du ganz sicher?"

„Hundertprozentig. Als er da so vor mir gestanden hat, habe ich ihn sofort wiedererkannt."

Sie warteten, bis die Friedhofsarbeiter die Grabstätte verlassen hatten. Dann fasste Alexander Valerias Hand und sagte: „Wir gehen jetzt sofort zum Polizeirevier."

Ohne ein Wort zu sagen, verließen sie den Friedhof unter den verwunderten Blicken der Familie und der Verwandtschaft.

*

Lübbing wachte am Samstagmorgen mit einem Brummschädel auf. Er hatte keine Lust aufzustehen, wurde aber vom klingelnden Telefon gehindert, sich noch einmal umzudrehen.

„Ja, Lübbing", meldete er sich mit einer Reibeisenstimme.

„Kaiser hier. Wir könnten deine Hilfe gebrauchen."

„Meine Hilfe, wieso?"

„Hier findet gleich eine Gegenüberstellung statt. Mit Valeria Bauer. Sie und Alexander Weber möchten gern, dass du dabei bist. Oder Schlattmann, der liegt aber mit einer Grippe flach." Kaiser fuhr etwas amüsiert fort: „Sind anscheinend etwas ängstlich, die jungen Leute, und meinen wohl, nur ihr beide könntet sie beschützen."

„Und worum geht es?" Lübbing begriff immer noch nicht.

„Valeria Bauer hat gestern den Mann wiedererkannt, mit dem Oxana in den Buchenbrink gegangen ist. Und wir haben ihn heute Morgen vorläufig festgenommen." Der Triumph in Kaisers Stimme war nicht zu überhören.

Jetzt war Lübbing wie elektrisiert: „Ist sie sich sicher?"

„Absolut, sagt sie!"

„Und wer ist es?"

„Ein Friedhofsarbeiter, Rainer Holm heißt er."

Lübbing schrie ins Telefon: „Wer?"

„Rainer Holm, kennst du ihn?"

18

Lübbing konnte nicht schnell genug zum Polizeirevier kommen, bestellte sich sogar ein Taxi. Er konnte es nicht fassen – Rainer Holm vorläufig festgenommen. Das konnte nur ein Irrtum sein. Valeria musste sich geirrt haben.

Auf der Dienststelle war dieses Mal fast die volle Besetzung der Schicht versammelt. Warnecke, Kaiser, Schleswig, Wenzel. Warnecke hatte sogar seinen Assistenten Schröder mitgebracht, von dem er sonst nicht viel zu halten schien. Nur Schlattmann fehlte natürlich wegen seiner Grippe.

Auf einem Stuhl saß Rainer Holm. Er zeigte sich nicht überrascht, dass Lübbing kam, grüßte mit einem Kopfnicken und lächelte leicht. Bei Tageslicht sah er sogar noch schlechter aus, als er ihn aus der dämmerigen Kneipe in Erinnerung hatte.

„Alexander und Valeria sind nebenan, soll ich sie holen?", unterbrach Kaiser seine Gedanken.

„Einen kleinen Moment bitte noch, ich würde gerne kurz mit ihnen reden." Er ging in den Nebenraum. „Valeria, bist du dir wirklich ganz sicher, diesen Mann mit Oxana gesehen zu haben? Das ist eine sehr schwere Anschuldigung, die für ihn schlimme Konsequenzen nach sich ziehen kann. Um ganz ehrlich zu sein, ich kenne diesen Mann seit meiner Schulzeit. Ich würde für ihn meine Hand ins Feuer legen."

„Er ist es." Sie ließ sich nicht beirren.

„Dann lass uns jetzt nach nebenan gehen."

Sie nickte, ging in den vorderen Raum, betrachtete Holm und sagte wieder nur: „Er ist es."

Warnecke wurde jetzt offiziell: „Valeria Bauer, Sie identifizieren diesen Mann also als denjenigen, der mit Oxana Weber zusammen die Kirmes verlassen hat?"

„Ja."

„Gut, dann gehen Sie jetzt mit meinem Kollegen hier nach nebenan, damit ein Protokoll erstellt werden kann." Während die drei den Raum verließen, wandte Lübbing sich wieder seinem alten Freund zu. Er schien eher interessiert als überrascht oder empört.

Warnecke zog sich einen Stuhl heran und setzte sich Holm gegenüber: „Herr Holm, Sie haben die Anschuldigung gehört. Möchten Sie sich dazu äußern?"

„Das ist alles absoluter Blödsinn."

„Waren Sie an dem Abend auf der Kirmes?"

„Natürlich, wie zwei Drittel der Bevölkerung. Ich war sogar jeden Abend da, ist mal was anderes, als immer in der Kneipe zu hocken."

„Sie bestreiten also, Oxana Weber getroffen zu haben und mit ihr fortgegangen zu sein?"

„Korrekt!"

Lübbing mischte sich ungefragt ein: „Rainer, es gibt Spermaspuren, sie können also einen Test mit dir machen und es gibt noch eine weitere Zeugin. Ich glaube zwar auch an deine Unschuld, aber da musst du durch."

„Gut, kann ich jetzt gehen? Sie laden mich dann doch sicher wieder vor?"

Lübbing sah Warnecke fragend an, der nickte: „Sie können gehen, da Sie aber unter Tatverdacht stehen, müssen Sie Ihren Ausweis hier deponieren. Bitte melden Sie sich jeden Tag auf dem Revier. Und an Ihrer Stelle würde ich mir einen Anwalt nehmen."

Als Holm wortlos die Dienststelle verließ, regte Kaiser sich auf: „Wir können ihn doch nicht einfach so gehen lassen! Was ist mit der Gegenüberstellung von Tatjana Weiss? Was ist mit dem Test?"

Warnecke antwortete müde: „Was sollen wir denn machen? Kaiser, wo bleibt dein Realitätssinn? Wir haben bisher die Aussage eines Mädchens, das sich immerhin in sehr zweifelhaften Kreisen bewegt hat. Und selbst wenn Tatjana Weiss Valerias Aussage bestätigt, was bringt das? Eine 21-Jährige, die dafür gesorgt hat, dass Kinder auf den Strich gehen, die betäubungsmittelabhängig ist und derzeit eine Therapie macht. Falls wir überhaupt einen Haftbefehl bekommen würden, würde jeder Anwalt ihn in Minuten in der Luft zerreißen!"

„Und der Test?", protestierte Kaiser weiter.

„Gut, wir werden den beantragen, sobald Tatjana Weiss Holm ebenfalls identifiziert hat. Schröder, kümmere dich um die Gegenüberstellung! Und jetzt, meine Herren, gehe ich trotz allem ins Wochenende, auf Wiedersehen." Damit verließ er, gefolgt von Schröder, die Dienststelle.

Lübbing starrte Kaiser wütend an: „Was hast du gegen Rainer Holm? Du kannst ihn anscheinend gar nicht schnell genug hinter Gittern sehen!"

Kaiser blaffte zurück: „Was ich gegen ihn habe? Blöde Frage, er könnte für das Verschwinden des Mädchens verantwortlich sein. Ich glaube Valeria. Jeder hier im Ort weiß, dass er ein komischer, überheblicher Typ ist, der zuviel säuft."

„Das ist es also. Nur weil Holm nicht auf der Linie des braven Bürgertums liegt, ist er besonders verdächtig. Dabei hat er mehr Grips im Kopf als ihr alle. Es kotzt mich an!" Er drehte sich um und stürmte hinaus.

Einen Augenblick waren die Zurückgebliebenen perplex. Dann hatte Wenzel sich wieder gefasst: „Was war das denn?"

„Holm und Lübbing sind zusammen aufgewachsen und waren früher sehr eng befreundet", erklärte ihm Schleswig und wandte sich dann an Kaiser: „Jan, wenn du dich da mal nicht in etwas verrennst."

*

Auf dem Weg zur Bushaltestelle beruhigte sich Lübbing etwas. Er war auch deshalb so wütend geworden, weil er gerade von Jan Kaiser derartige Äußerungen nicht erwartet hatte. „Borniertheit", dachte er, „immer wieder diese Borniertheit gegenüber Menschen, die sich nicht den allgemeinen Normen gedankenlos anpassen." Spontan fiel ihm ein, Rainer Holm aufzusuchen, aber der nächste Gedanke hielt ihn zurück: „Vorsicht Lübbing, du bist schon genug persönlich involviert. Nicht noch mehr, bloß nicht noch mehr."

Da es ein schöner Tag war, entschloss er sich zu einem Spaziergang in den Ortsteil Powe, um dort seine Eltern zu besuchen.

Unterwegs schaute er in *Rudi's Ecke* rein. Verdammtes Pech, ausgerechnet Kraftzyk war zu dieser noch recht frühen Tageszeit schon da. Aus diesem Grund bestellte Lübbing nur ein Bier und wollte gleich weiter, als Kraftzyk loslegte: „Kompliment, Herr Redakteur, zusammen mit dem Starkommissar hast du endlich den Täter gefasst."

Logisch, solche Neuigkeiten verbreiteten sich immer blitzschnell.

„Schade nur, dass es ein alter Kumpel von dir ist. War leider etwas heruntergekommen in letzter Zeit."

Lübbing war vor Wut blass geworden. Er trat näher an Kraftzyk heran, in der Hoffnung, dass die wenigen anderen Gäste ihn nicht verstehen würden: „Nun pass mal auf, du Arsch. Dass Rainer Holm der Täter ist, steht noch lange nicht fest. Er mag ziemlich weit unten sein, aber wenigstens stinkt er nicht so wie du. Wo warst du eigentlich an dem betreffenden Abend? Du stehst doch so auf Frischfleisch, das waren deine eigenen Worte, wenn ich mich recht erinnern kann. Wolltest mich sogar mitnehmen. Das könnte ich mal dem Kommissar erzählen, würde den sicher interessieren."

Kraftzyk machte eine Bewegung, als wollte er Lübbing schlagen, besann sich aber. „Das zahle ich dir heim. Damit kommst du nicht durch. Das ist Verleumdung. Hier die anderen sind meine Zeugen."

Lübbing war sich klar, dass der eine oder andere doch verstanden haben könnte, was er gesagt hatte. Er war zum Ende ziemlich laut geworden. Aber er wusste auch, wie sie reagieren würden. Es galt das „Drei-Affen-Prinzip" – nichts hören, nichts sehen, nichts sagen. Jedenfalls nicht, wenn man am Ende zu einer offiziellen Zeugenaussage vorgeladen würde. Er zahlte. Beim Hinausgehen dachte er: „Wenn Arschlöcher fliegen könnten, wäre diese Kneipe ein Flugplatz."

Auch der Besuch bei seinen Eltern verlief unerfreulich. Sie hatten den ganzen Trubel um ihn natürlich auch mitbekommen. Deshalb blieb er exakt so lange bei ihnen, wie es die mindeste Höflichkeit erforderte, und keine überflüssige Minute länger.

*

Am späten Nachmittag klingelte sein Handy, und es war, als ob die Sonne aufginge. Helen! „Lübbing, ich bin wieder in Osnabrück und sitze bei Toscani."

„Ich bin in zwanzig Minuten da."

Er sah sie sofort, als er das Eiscafé betrat. Sie strahlten sich an. Sie nahm ihn in die Arme, wie immer fiel es ihm dagegen schwer, seine Freude zu zeigen. Ihren Streit vor dem Urlaub erwähnten sie nicht. Helen plauderte munter drauflos, erzählte von diesen und jenen Erlebnissen. Eigentlich Belanglosigkeiten, aber er genoss es, ihre Stimme zu hören. Schließlich fragte sie ihn nach den Ereignissen während ihrer Abwesenheit. Nun wurde ihr Gespräch sehr ernst.

„Rainer Holm, hast du mir nicht mal von dem erzählt? Das ist doch ein ganz alter Freund von dir."

Lübbing nickte.

„Und was willst du jetzt machen?"

„Wenig. Ich werde auf jeden Fall zur zweiten Gegenüberstellung gehen. Und bis dahin würde ich mich am liebsten einschließen."

Helen überlegte einen Augenblick, dann beherrschte wieder dieses typische, schalkhafte Lächeln ihr Gesicht. „Und wie wär's damit: Es ist langer Samstag, die Geschäfte haben noch geöffnet. Wir stürmen das Feinkostgeschäft am Nikolaiort, holen uns von den ungesunden, aber leckeren Sachen, so viel wir tragen können, tun noch ein bisschen Alkohol dazu und nisten uns zwei Tage lang in deiner Wohnung ein. Wir schlemmen, klönen, hören Musik, gucken Seifenopern im Fernsehen, und vielleicht machst du mir mal wieder die Freude, mir aus einem Buch vorzulesen. Nun, was sagst du?"

„Wenn du mir auch ein paar von diesen Animateurspielchen aus dem Robinson-Club zeigst ..."

Helen musste schallend lachen. Dann zogen sie los.

Am Dienstag musste Lübbing sich, wenn auch unwillig, wieder mit der Realität befassen. Kaiser hatte ihn tags zuvor informiert, dass die Gegenüberstellung Holms mit Tatjana Weiss um zehn Uhr stattfinden würde.

Die Tage, die er mit Helen verbracht hatte, waren rundum gelungen. Sie hatten ausgezeichnet gegessen, Lübbings Alkoholbestände dezimiert und sich am Samstagabend köstlich über eine wirklich blöde Quizshow im Fernsehen amüsiert. Spät nachts hatte Lübbing sich während eines Mitternachtsimbisses an der Rezitation von Carl Michael Bellmanns „Weile an dieser Quelle ...“ versucht, was bei Helen aber nur Lachsalven auslöste.

Den Sonntag hatten sie bei herrlichem Wetter und Musik größtenteils auf seiner Veranda verbummelt, hatten nur einmal kurz bei ihm um die Ecke zu *Fricke-Blöcks* reingeschaut. Lübbing mochte dieses Lokal. Als ehemals typische Eckkneipe wurde sie nach wie vor von den alteingesessenen Bewohnern des Katharinenviertels frequentiert, bedingt durch die Nähe zur Universität aber auch von einem wechselnden studentischen Publikum.

Am Abend hatte Lübbing dann wirklich aus einem Buch vorgelesen. Er hatte sich für eine Geschichte aus Judith Hermanns „Nichts als Gespenster“ entschieden. Nach zwanzig Minuten war Helen sanft entschlummert, zwei Tage Völlerei und Alkoholgenuss zeigten ihre Wirkung, die noch bis zum späten Montagmorgen anhielt. Erst gegen Mittag waren sie aufgestanden, danach half Helen, wieder energievoll und tatkräftig wie gewohnt, Lübbings Wohnung wieder in einen bewohnbaren Zustand zu bringen.

Während der Fahrt zum Polizeirevier dachte Lübbing nach. Er war über zwei Tage ununterbrochen mit Helen zusammen gewesen, und es war ihm nicht eine Minute langweilig geworden. Er hoffte, bei ihr wäre es genauso.

*

Zur allgemeinen Überraschung war Rainer Holm allein, ohne Anwalt gekommen. Auf Lübbings Frage antwortete er einsilbig: „Was soll ich damit?" Er setzte sich auf denselben Stuhl wie am Samstag.

Auch Tatjana Weiss identifizierte Holm sofort als den Mann, mit dem sie Oxana Weber in den Buchenbrink geschickt hatte.

Warnecke sprach Holm an: „Herr Holm, wir haben jetzt zwei Zeuginnen, die Sie eindeutig identifiziert haben, das reicht auf jeden Fall für eine vorläufige Festnahme. Der Speicheltest kommt noch auf Sie zu. Wollen Sie nicht doch einen Anwalt hinzuziehen?"

Er schaute Lübbing an: „Nein, ich will immer noch keinen Anwalt. Das Ganze ist doch eine harmlose Geschichte gewesen." Er hatte nun die volle Aufmerksamkeit aller Personen im Zimmer.

„Also?", bohrte Warnecke nach.

Holm seufzte: „Ja, ich war mit dem Mädchen im Wald."

Jemand stieß einen triumphierenden Pfiff aus. Lübbing wurde blass und starrte ihn entsetzt an. Der nahm seinen Blick auf: „Nein, es ist nicht so gewesen, wie du jetzt denkst."

Warnecke forderte ihn kurz angebunden auf: „Erzählen Sie."

„Ja, ich war mit ihr im Buchenbrink." Holm sah nun sehr konzentriert aus. „Sie gefiel mir. Nettes Aussehen, nicht zu stark geschminkt. Dass sie erst fünfzehn war, habe ich später aus der Zeitung erfahren. Sie sah älter aus. Die Initiative ging von ihr aus. Wir hatten ein oder zwei Bier getrunken, und sie fragte mich direkt, ob ich Lust hätte, mit ihr eine Weile zu verschwinden. Ich hatte vor den Bieren schon einiges getrunken und fühlte mich schlichtweg geschmeichelt." Er schaute Lübbing fast schon ironisch an und meinte: „Du siehst ja selbst, ich bin nicht mehr der forsche Beau früherer Tage. Da kann man solch ein Angebot schlecht ausschlagen."

Lübbing wusste, was er meinte. Aber Warnecke wollte solche Abschweifungen nicht zulassen: „Bitte weiter, was geschah im Wald?"

„Nun", sagte Holm, „wir haben gebumst. Kurz und heftig. Es war nicht besonders toll, aber besser als überhaupt nichts."

Unwillkürlich musste Lübbing an sein kurzes Erlebnis mit der Kneipenbedienung vor ein paar Tagen denken. Wo war da eigentlich der Unterschied, außer dass es vordergründig ein wenig kultivierter zugegangen sein mochte? Er merkte, dass Holm ihn intensiv ansah; da war sie wieder, die alte Seelenverwandtschaft.

Jetzt mischte Kaiser sich ein: „Was geschah dann?"

„Ja, dann war der kurze Moment der flüchtigen Liebe abrupt vorbei."

Warnecke verstand nicht: „Wie meinen Sie das?"

„Sie wollte Geld – 30 Euro. Ich hätte es ihr vielleicht noch gegeben, um Ruhe zu haben, hatte aber nicht mehr so viel in der Tasche. Sie wurde wütend, beschimpfte mich. Da bin ich gegangen."

Kaiser war ziemlich fassungslos: „Sie sind einfach gegangen?"

„Ja, was hätte ich denn sonst tun sollen?"

„Angenommen, es stimmt, was Sie sagen. Dann gab es keinerlei Gewalt, keinen Faustschlag, nicht mal eine Ohrfeige?"

„Nein, sie hat einfach nur hinter mir hergeschimpft."

Warnecke fragte: „In welcher Richtung haben Sie den Buchenbrink verlassen?"

„Westlich, ich hatte nach dem Theater keine Lust mehr auf die Kirmes zu gehen."

„So, jetzt habe ich genug von Ihren Geschichten. Sie sollten sich jetzt wirklich einen Anwalt nehmen", empfahl Warnecke ihm noch einmal und ordnete dann an: „Abführen!"

Bevor Holm verschwand, hakte Lübbing nach: „Rainer, warum hast du nicht gleich gesagt, dass du mit ihr im Wald warst?"

„Ach Lübbing, überleg mal, das weißt du doch eigentlich selbst. Was meinst du, wie das allgemeine Meinungsbild spätestens morgen aussehen wird, obwohl ich eigentlich nichts gemacht habe. Denk doch nur mal an Kraftzyk und Konsorten."

Rainer hatte Recht. Ein unbeliebter Sonderling wie er, da würde die selbstgerechte Öffentlichkeit, angeführt von ein paar Großschnauzen, mit Vorliebe draufprügeln.

„Und nun?" fragte Warnecke ziemlich ratlos, als Holm aus dem Raum geführt worden war.

„Verhören, immer wieder verhören", schlug Schröder vor.

„Das bringt doch nicht viel. Wenn er sich jetzt einen Anwalt nimmt, und der steht ihm zu, muss er mangels Haftgrund entlassen werden. Wir haben ihm nachgewiesen, dass er mit Oxana Weber im Wald war, das hat er zugegeben. Mehr aber nicht", wischte Warnecke Schröders Vorschlag vom Tisch.

Lübbing protestierte: „Geht hier eigentlich niemand mehr davon aus, dass Rainer Holm die Wahrheit sagt?"

Warnecke blickte ihn an: „Natürlich gilt auch die Unschuldsvermutung. Aber er hat erst dann etwas zugegeben, als seine Position nicht mehr zu halten war. Das spricht nicht für ihn. Deshalb bleibt er unser Haupttatverdächtiger. Was uns fehlt, ist eine Spur von Oxana Weber, das könnte übrigens auch ihn entlasten. Wir brauchen das Mädchen "

In Ermangelung weiterer Beweise wurde Rainer Holm am nächsten Tag nochmals mehrere Stunden von Warnecke und Kaiser verhört, blieb aber bei seiner bisherigen Aussage. Einen Tag später wurde er auf Intervention seines Anwalts aus der Haft entlassen.

Lübbing war die nächsten Tage ziemlich ratlos. Er hatte dem Nachrichtenmagazin einen neuen Artikel über den Ablauf und den Stand der Ermittlungen zugesandt, die eigentlich wieder einmal in einer Sackgasse waren. Eingeflochten hatte er Reaktionen der Bewohner des Dorfes auf diesen Stillstand.

Von Schlattmann, der wieder im Dienst war, wusste er, dass man Rainer eine Fensterscheibe eingeworfen hatte, was der regionalen Tageszeitung allerdings nicht erwähnenswert schien. Er hatte mehrmals versucht, seinen alten Freund anzurufen, immer vergebens. Das Foto von Oxana Weber erschien immer seltener und in immer weniger Zeitungen.

Plötzlich verspürte Lübbing Lust, Helen zu sehen, er rief sie an: „Wir könnten zu einer alten Freundin von mir fahren. Sie ist schon über siebzig, eine absolute Perle und außerdem Kneipenwirtin. Sie wird dir gefallen."

Helen war einverstanden zu Karla, der Wirtin vom *Eichenkrug*, zu fahren. Lübbing hoffte nur, dieser Schwerdtfeger würde an diesem Abend zu Hause bleiben.

Dann fiel ihm ein, dass sie vorher noch auf dem Polizeirevier vorbeifahren könnten.

„Meinetwegen", maulte Helen, „aber nicht zu lange. Seit meiner Studentenzeit mag ich solche Räumlichkeiten nicht besonders."

Lübbing griente.

Eine halbe Stunde später waren sie auf der Dienststelle. Kaiser war, wohl wegen ihres Disputes über Rainer Holm, reservierter als sonst, Schleswig gemütlich wie immer. Sie unterhielten sich noch über den Fall Oxana Weber, als Alexander mit seiner kleinen Schwester Nellie hereinkam. Alexander freute sich offensichtlich, Lübbing zu sehen, entschuldigte sich aber bei Kaiser für die Störung: „Nellie wollte gerne Ingo Schlattmann begrüßen, wir sind hier zufällig entlang gekommen. Aber er scheint wohl nicht da zu sein?"

„Tut mir leid, Alexander, aber er hat einen Arzttermin."

Nellie war inzwischen enttäuscht zu Schlattmanns Schreibtisch gelaufen, auf dem immer noch die Matrioshkapuppe stand, die sie dem Polizisten geschenkt hatte. Sie nahm sie in die Hand, ging hinüber zu Schleswig, zeigte auf den Bauch. „Da sind auch noch andere drin", verkündete sie stolz ihr Wissen. Jeder im Revier musste lächeln.

„Eigentlich passt diese Puppe zu Ingo", dachte Lübbing . „Das ist genau wie bei seinen Buddelschiffen, in denen er auch immer etwas im Inneren versteckt."

Helen und Lübbing verließen kurz nach Alexander und Nellie das Revier. Auf dem kurzen Weg zur Busstation war er merkwürdig schweigsam und runzelte die Stirn. Helen frotzelte: „Na, was ist? Keinen Bock mehr auf einen Kneipenabend mit mir?"

„Nein, nein, das ist es nicht", antwortete er, „aber da war was auf dem Revier. Irgendetwas war da."

„Wo war da etwas?"

Lübbing tippte sich an die Stirn: „In meinem Kopf, ein Gedanke, eine Verbindung, aber ich komme im Moment nicht drauf."

Sie gingen weiter, die Buchenstraße entlang, am östlichen Ende des evangelischen Friedhofs vorbei, der hier beherrscht wurde von einem mächtigen Kriegerdenkmal. Lübbing hatte den darauf gemeißelten Spruch: „Wir gaben unser Leben – was tut ihr?", nie so richtig verstanden. Rund um den Satz waren die Namen der gefallenen Söhne und Väter des Ortes aus beiden Weltkriegen eingraviert worden. Um das Mahnmal verstreut standen kleine steinerne Kreuze, es waren die Gräber der heimatlichen Kriegsopfer. Viele Namen, das hatte er früher einmal festgestellt, waren ihm auch von heute lebenden Generationen noch bekannt.

„Wie schrecklich", dachte er, „da hat einer sein Leben noch vor sich und wird dann von einem Wahnsinnigen zum Sterben nach Russland geschickt. Und dort wurden sie in vielen Fällen irgendwo verscharrt, anstatt begraben zu werden, oder verschwanden einfach."

Und plötzlich war sie wieder da, seine Idee: Matrioshka – Russland – Gräber, und dann als letztes Glied der Kette – Buddelschiff!

Eine Assoziation, aus der er gewagte Schlüsse zog. Konnte das sein? Es erschien ein wenig absurd, aber es war eine Möglichkeit.

Er fasste Helen am Handgelenk, damit sie stehenblieb, griff zum Handy und wählte die Nummer des Reviers. Kaiser war dran.

„Kaiser, wo ist Warnecke?"

„In der Stadt bei der Staatsanwaltschaft am Kollegienwall. Er wollte aber noch mal reinkommen. Es müsste eigentlich bald soweit sein. Was ist denn los?"

„Frag jetzt nicht lange. Ruf Warnecke an, er soll so schnell wie möglich zum Revier kommen. Das gleiche gilt für jeden, der gerade im Außendienst ist."

„Was ..., was soll ich?", fragte Kaiser verdattert.

„Tu es einfach, bitte! Ich bin in fünf Minuten auch wieder da." Er drückte das Gespräch weg und schob die verdutzte Helen zurück in Richtung Polizeirevier.

*

Als sie das Revier erreichten, bog auch Warnecke in hohem Tempo um die Ecke. „Was ist los, Lübbing?"

„Lass uns reingehen, ich brauche noch zwei Minuten. Dann habe ich es einigermaßen in meinem Kopf geordnet, zwei Minuten."

Jeder starrte ihn an, während er mit gesenktem Kopf im hinteren Teil des Raumes stand. Warnecke war so gespannt, dass er vergaß, sich zu erkundigen, wer eigentlich die Frau an seiner Seite war. Die Tür ging auf, Wenzel und Schleswig kamen mit fragenden Blicken herein. Ein Wink Kaisers bedeutete ihnen, ruhig zu sein.

Dann war Lübbing soweit. „Der Fall Oxana Weber. Zwar läuft noch die Vermisstenfahndung, aber wir alle gehen doch wohl davon aus, dass sie tot ist."

Allgemeines Nicken, bis auf Helen, die nicht verstand, was los war.

Lübbing deutete auf Schlattmanns Schreibtisch, ging hin und nahm die russische Puppe in die Hand. Er baute sie auseinander, nahm immer wieder die kleineren Puppen heraus und stellte sie auf die Besucherbarriere.

„Erstens Matrioshka". erklärte er, „so heißen die Puppen. Man weiß vorher nie wirklich, wie viele kleinere Puppen in dem großen Exemplar versteckt sind. Zweitens Buddelschiffe. Schlattmann baut sie, wie er es von seinem Großvater gelernt hat. Bevor das Deck aufgesetzt wird, versteckt er im Rumpf irgendeine Kleinigkeit. Niemand weiß dann, was das Schiff wirklich transportiert. So hat er es mir erklärt."

„Ja, und was hat das alles mit Oxana Weber zu tun?", wagte Kaiser eine Zwischenfrage.

„Halt Jan, lass mich ausreden. Ich will den Faden nicht verlieren." Lübbing konzentrierte sich wieder auf seine Überlegungen. „Niemand weiß also genau, was Puppen oder Buddelschiffe wirklich enthalten. Kommen wir jetzt zu Oxana. Wenn sie tot ist, was wir alle glauben, und wir finden sie nicht, muss sie jemand sehr gewissenhaft und raffiniert beiseite geschafft haben. Dieses Fotomodell, Marilyn von Weidenfels, hat ausgesagt, dass sie in der besagten Nacht, bei ihrem Schäferstündchen im Buchenbrink einen Kirmesarbeiter beobachtet hat, der eine große schwere Plane auf der rechten Schulter trug. Ihrer Meinung nach wurde auf der Kirmes schon abgebaut, wir wissen aber, dass sie noch den ganzen Sonntag weiterging. Es besteht also die Möglichkeit, dass dieser Mann der Mörder war und Oxanas Leiche verschwinden ließ. Und in welche Richtung ging der Mann?"

„Nach Süden", antworte Warnecke.

„Und was haben wir da?"

„Na, die Leichenhalle", antwortete nun Kaiser.

„Ein Stück weiter", forderte Lübbing.

„Den katholischen Friedhof", kam es wie aus einem Mund von Warnecke und Kaiser.

„Und wer arbeitet auf dem katholischen Friedhof?"

„Rainer Holm." Dieses Mal war es Schleswig, der antwortete.

„Genau, Rainer Holm", antwortete Lübbing. „Er hätte die Möglichkeit gehabt, die Leiche dort verschwinden zu lassen. Wer kommt schon auf die Idee, dass in einem Grab eine Leiche zuviel ist? Wir müssen herausfinden, ob in den Tagen unmittelbar nach der Kirmes Bestattungen angesetzt waren."

„Du meinst, er hat Oxanas Leiche in einem belegten Sarg verschwinden lassen?", fragte Warnecke zweifelnd.

„Nein", wehrte er ab, „nicht in einem Sarg. Dann hätte er einen in der Friedhofskapelle öffnen müssen. Und es wäre eventuell den Sargträgern vom Gewicht her aufgefallen. Ich glaube, dass sie unter einem Sarg im Grab liegt, eingerollt in einer Plane oder ähnlichem, aber das ist natürlich bloße Spekulation. Am besten wir erkundigen uns, ob schon am Samstag ein Grab für eine spätere Beerdigung ausgehoben war. Was haltet ihr von dieser Theorie?"

„Wie kommst du auf diesen Gedanken und weshalb soll es Rainer Holm sein? Du hast ihn doch bisher ziemlich vehement verteidigt", wollte Kaiser wissen.

„Lass mich Letzteres zuerst beantworten. Ich kenne Rainer mein ganzes Leben und ich habe auch seine Einsamkeit hinter der jetzigen Fassade erkannt. Ein einsamer Mensch nutzt oft jede Chance, um mit jemandem zusammen zu sein, egal unter welchen Umständen. Ich verstehe, dass er mitgegangen ist." Er fing einen Blick von Helen auf und erwiderte ihn kurz.

„Was im Buchenbrink dann wirklich passiert ist, kann ich nicht sagen. Vielleicht ein Unfall durch eine unbedachte Aggression. Aber wir sollten Rainer Holm befragen, ob er Oxanas Leiche in einem Grab verschwinden ließ. Er ist immer noch clever und kreativ genug, um auf so eine Idee zu kommen."

Warnecke richtete sich auf: „Okay, ich habe es satt, mich weiter im Kreis zu drehen. Wir legen sofort los, die Rückendeckung von oben hole ich mir später. Kaiser, ruf du den Bestattungsunternehmer hier am Ort an, ob es einen passenden Beerdigungstermin gab. Wenzel und Schleswig, fahrt los und holt Holm! Er wird entweder in der Gärtnerei oder zu Hause sein oder in einer Kneipe sitzen. Sagt ihm nicht, worum es wirklich geht, gebt lieber vor, es seien noch ein paar letzte Fragen aufgetaucht oder so, er soll keinen Verdacht schöpfen."

Kurz nachdem die beiden losgegangen waren, kam Kaiser aus dem hinteren Raum zurück, in dem er für einige Zeit verschwunden war. Fast triumphierend sagte er: „Für den Montag nach der Kirmes war um zehn Uhr eine Beerdigung angesetzt. Elfriede Meyer, 68 Jahre alt. Und jetzt kommt es. Das Grab wurde schon Samstagnachmittag ausgehoben und wieder mit Schalbrettern abgedeckt. Da sage ich doch Bingo!"

„Jan", Lübbings Stimme war ziemlich laut, „wenn sich hier wirklich diese Tragödie abgespielt hat, die wir vermuten, finde ich das Wort Bingo unpassend, ja sogar ziemlich widerlich. Rainer Holm mag in euren Augen alles Mögliche sein, aber er ist kein eiskalter Mörder."

Nun mischte sich Helen zum ersten Mal ein: „Genau Lübbing, und Punkt!"

20

Wenzel und Schleswig kamen mit Rainer Holm schon zwanzig Minuten später zurück. Sie hatten ihn noch in der Gärtnerei angetroffen. Holm schaute sich um, war wieder nur gleichgültig, nicht verunsichert. Sein Blick blieb an Helen haften. Sie war neu für ihn.

Lübbing war die Situation unangenehm, er erklärte: „Rainer, das ist Helen, eine sehr gute Freundin von mir."

Holm nickte Helen zu.

„Hallo", erwiderte sie seinen stummen Gruß.

Warnecke bot Holm einen Platz an. Lübbing war schon einmal aufgefallen, dass er entgegen seiner sonst manchmal etwas ungehobelten Art bei Befragungen immer äußerst korrekt und höflich war. Er wartete darauf, dass Warnecke das Gespräch begann. Zu seiner Überraschung sagte der nur: „Lübbing, erzähl bitte deinem Freund von deiner Vermutung."

Damit hatte er nicht gerechnet, er wollte dagegen protestieren, aber Warnecke unterband das sofort: „Na los, schließlich war es deine Idee."

Was blieb ihm anderes übrig? „Also Rainer, das Ganze ist nur eine Idee. Du weißt, Schreiberlinge wie ich haben eine rege Fantasie. Und wenn sich alles als Hirngespinst von mir erweist, bist du vielleicht endgültig aus dem Schneider. Mal angenommen, du warst es, oder besser gesagt, dir ist es passiert, dann glaube ich, du hast das Mädchen, wenn es tot war, auf dem Friedhof versteckt."

Rainer Holm sagte nichts, blieb reglos sitzen, beobachtete Lübbing eine Zeitlang ganz intensiv. Dann fragte er: „Kann ich etwas zu trinken bekommen?"

„Ich hole Ihnen ein Wasser", sagte Wenzel seltsam beflissen.

„Ich hatte eigentlich an etwas Alkoholisches gedacht."

„So etwas haben wir hier nicht, das ist eine Polizeidienststelle", kam es unfreundlich von Kaiser.

„Gut, dann Wasser." Wenzel holte ihm das Gewünschte. Rainer Holm blickte nur noch auf Lübbing, als seien alle anderen nicht anwesend. „Du glaubst also wirklich, dass ich es war?"

Lübbing war unangenehm berührt und antwortete nicht.

„Wie soll es nun weitergehen?", stellte Holm die nächste Frage.

Warnecke mischte sich ein: „Nun, wir werden beantragen, alle neueren Gräber zu öffnen."

Holm nahm wieder einen Schluck Wasser, blickte immer noch auf Lübbing und sagte: „Also gut, es ist eins von den noch ziemlich frischen. Reihe 12, Grab 23. Ist noch kein Stein drauf. Sie liegt in einer Plane unter dem Sarg, mit einer Schicht Erde bedeckt."

Schweigen erfüllte den Raum, dann fragte Holm: „Kann ich jetzt in eine Zelle?"

Warnecke nickte, aber Lübbing hielt Schleswig davon ab: „Rainer, warum?"

„Warum, warum? Weil ich nicht jahrelang für einen dummen Unfall büßen wollte. Und das war es, nichts als ein Unfall."

Dann schilderte er den Verlauf des Abends.

Holm hatte dem Mädchen nach der Geldforderung erklärt, dass er nicht so viel bei sich habe. Als sie begann, ihn zu beschimpfen, wollte er tatsächlich gehen und drehte sich um. Sie sprang ihn wütend von hinten an. Er wehrte sich, schlug mit dem rechten Ellenbogen nach hinten und traf sie hart im Gesicht. Sie stolperte ein paar Schritte rückwärts und fiel. „Mit dem Hinterkopf genau auf diesen Stein." Erst dachte er, sie sei nur ohnmächtig, doch dann sah Holm trotz des schwachen Lichts die weit geöffneten, blicklosen Augen, auch der Puls an der Halsschlagader war nicht mehr zu spüren. Nach einigen Minuten kam er auf die Idee, die Leiche erst einmal auf dem katholischen Friedhof zu verstecken. Er holte sich vom Rand des evangelischen Friedhofs eine Plane, wie sie zum Abdecken der dort abgestellten Container für den Grünabfall benutzt wurden. Das Mädchen war schwerer, als er gedacht hatte. „Ich brauchte fast zehn Minuten bis zum katholischen Friedhof." Er legte die Leiche in der Garage für die Arbeitsgeräte ab. Am Sonntag bestand keine Gefahr, dass einer seiner Kollegen sie betreten würde. Im Laufe des folgenden Tages kam ihm die Idee mit dem Grab. Er ging am Montag sehr früh auf den Friedhof und hatte die betreffende Grabstelle innerhalb einer halben Stunde noch vertieft. Dann legte er die Leiche im Grab ab, bedeckte sie mit einer genügend dicken Schicht Erde und ging wie gewohnt zur Gärtnerei.

Holm blickte Warnecke an: „Das war es."

Eine Weile schwiegen alle betroffen, dann sagte Warnecke: „Herr Holm, wir bringen Sie jetzt in unsere Zelle und überstellen Sie später in das Osnabrücker Gefängnis. Wollen Sie vorher Ihren Anwalt verständigen?"

Er nickte, und Warnecke zeigte zu dem Apparat auf Schleswigs Schreibtisch. Holm ging hinüber nahm den Hörer auf, dann legte er ihn wieder auf den Apparat, griff nach etwas anderem und hatte plötzlich eine Pistole in der Hand. Schleswigs Dienstpistole! Er hatte sie aus alter Gewohnheit im Revier abgeschnallt und auf seinen Schreibtisch gelegt, jetzt zeigte die Mündung auf seine Brust.

„Ruhig bleiben", sagte Holm leise, „oder ich schieße auf euren Kollegen." Er blickte Warnecke an: „Ziehen Sie Ihr Jackett aus. Aber langsam und vorsichtig." Die Waffe in Holms Hand zielte immer noch auf Schleswig.

Warnecke tat, wie ihm befohlen. Seine Dienstpistole kam unter der linken Schulter zum Vorschein.

Holm wandte sich an Helen: „Geh zu ihm rüber und zieh die Waffe aus dem Halfter, dann bring sie hier zum Schreibtisch. Aber langsam."

Helen war kreidebleich geworden. Ihre Hände zitterten, als sie Warneckes Waffe nahm und dann vor Holm auf den Tisch legte.

„Jetzt zu dem." Holms Pistole zeigte auf Wenzel. „Er hat die Waffe im Halfter an der Seite. Gleiche Prozedur, schön langsam."

Helen brachte auch Wenzels Pistole zu Holm.

„Und Ihr Prachtstück?", fragte er nun Kaiser.

„Im Schreibtisch, oberste Schublade rechts", gab er Auskunft. Ein Blick und Kopfnicken von Holm zu Helen, dreißig Sekunden später lag auch Kaisers Waffe auf dem Tisch.

Holm sprach jetzt in einem fast amüsierten Ton Lübbing an, seine Waffe zeigte aber wieder auf Schleswig: „Deine Waffen sind ja nur Kamera und Laptop, da kann ich wohl auf eine Beschlagnahme verzichten."

Lübbing antwortete nicht.

„So, und jetzt raus hier, alle raus, bis auf Lübbing", befahl Holm. „Eine Geisel muss ich schließlich behalten und deine Gegenwart ist mir lieber als die eines anderen." Es klang fast ein wenig entschuldigend.

Lübbing blieb reglos auf seinem Stuhl sitzen.

Warnecke setzte noch einmal an: „Herr Holm, das bringt ..."

„Raus habe ich gesagt!", unterbrach Holm ihn lautstark. „Macht, dass ihr wegkommt!"

Die vier Polizisten und Helen verließen das Revier. Holm nahm einen Schlüsselbund von Kaisers Schreibtisch, ging zur Eingangstür und hatte nach mehreren Versuchen den richtigen Schlüssel gefunden. Er schloss ab. Ließ die Rollläden herunter und knipste das Licht an.

Draußen gab Warnecke hektisch Befehle: „Kaiser, alarmieren Sie vom Streifenwagen aus den Einsatzdienst in Osnabrück. Ein SEK soll kommen, und die Straße hier wird von beiden Enden abgesperrt. Kollegen sollen von Haus zu Haus gehen. Die Anwohner sollen drinnen bleiben. Ich will nicht einen auf der Straße sehen. Und ihr geht alle hinter den Autos in Deckung, wir stehen hier herum wie die Zielscheiben!"

Helen kniete neben Warnecke hinter dem Polizeikleinbus, mit dem die Belmer Polizisten sonst zu Unfallaufnahmen hinausfuhren.

„Was wird mit Lübbing?"

„Da können wir erst mal gar nichts machen. Wir warten auf das SEK, die sind für so etwas geschult!"

„Was ist ein SEK?", fragte Helen ruhig.

„Sondereinsatzkommando", antwortete Warnecke, „die sind dafür ausgebildet und können notfalls auch das Gebäude stürmen."

Helen sagte beunruhigend leise: „Hören Sie, wenn Lübbing etwas passiert, nur weil Ihre Leute nicht auf ihre Wummen aufpassen können oder weil diese Rambos das Haus stürmen wollen, dann haben Sie mich für den Rest Ihres Lebens als Reißzwecke am Arsch. Das ist ein Versprechen."

Warnecke blickte in ihr Gesicht, sah den entschlossenen Ausdruck, aber auch die Tränen in ihren Augen. Die Frau meinte es ernst. Er war seltsam berührt.

Das SEK und die Beamten für die Absperrung der Straße und für die Benachrichtigung der Anwohner trafen gleichzeitig ein. Der Führer des Kommandos trat auf Kaiser und Warnecke zu: „Klekamp, Tag Kollegen. Wie sieht die Lage aus?"

Kaiser antwortete auf das Revier deutend: „Überführter Straftäter. Hat eine Geisel genommen."

„Waffen?"

„Vier unserer Dienstpistolen."

Klekamp schaute erst Kaiser und dann Warnecke an. Sein Blick drückte aus, dass er diese Tatsache ungeheuerlich fand. Er sagte aber nichts.

Kaiser fuhr fort: „Wahrscheinlich sitzen sie noch im vorderen Besucherzimmer. Aber genau wissen wir es nicht, wir haben nur Einblick durch die milchige Scheibe der Eingangstür, und da hat sich bisher noch nichts getan."

„Wie sind die Räume aufgeteilt?", fragte Klekamp.

„Nach vorne hin geht über die ganze Breite das Besucherzimmer, dahinter ist ein Gang, der genauso lang ist. Nach hinten raus liegt dann der Aufenthaltsraum für uns, ein Protokollzimmer, die Arrestzelle und die Toilette."

„Kann man von hinten ins Gebäude rein?"

Kaiser schüttelte den Kopf: „Unmöglich. Das Haus wurde praktisch in einen Abhang gebaut, das Grundstück fällt nach hinten stark ab. In dem Teil sind unten die Garagen für unsere Fahrzeuge. Direkten Zugang zum Haus gibt es von dort nicht. Wir müssen immer um das Gebäude laufen, wenn wir zu unseren Dienstwagen wollen. Die hinteren Räume liegen also vom Hof aus praktisch im ersten Stock, außerdem ist jedes Fenster massiv vergittert."

„Beschissene Lage für uns", konstatierte Klekamp. „Wir warten erst einmal ab. Soll der Geiselnehmer den ersten Schritt machen. Er wird ja wohl etwas von uns wollen. Ich verteile jetzt meine Männer, so günstig es geht."

Er machte sich an die Arbeit. Wenig später war das Haus von den Männern des SEK umstellt. Jedem Beamten war eine Position zugewiesen worden, die ihm einerseits Deckung gewährte, andererseits aber auch ein möglichst gutes Schussfeld bot. Helen wurde übel, während sie diese Aktivitäten beobachtete.

*

Mehrere Minuten hatten sich Lübbing und Holm angeschwiegen.

Schließlich fragte Holm: „Sauer?"

„Nein hocherfreut, endlich treffen wir uns mal ohne Zeitdruck", antwortete Lübbing höhnisch.

„Nun werd mal nicht zynisch, das ist mehr mein Ressort. Überhaupt bin ich doch durch dich in diesen Mist reingeraten. Du mit deiner Fantasie und deiner Idee. Hättest du die Sache einfach ruhen lassen, säßen wir jetzt nicht hier."

Lübbing giftete ihn regelrecht an: „Da ist ein 15-jähriges Mädchen durch dich zu Tode gekommen. Du wolltest sie beseitigen. Sie hat Familie, eine kleine Schwester, und du wolltest so tun, als wenn nichts gewesen wäre."

„Es war ein Unfall, nichts weiter als ein tragischer, aber dummer Unfall. Dafür sollte ich in den Knast gehen, für eine kleine Nutte?"

„Du hast überhaupt nichts kapiert." Er winkte resigniert ab. „Kleine Nutte mag stimmen. Aber sie war auch ein zutiefst verzweifelter Mensch. Außenseiter, noch mehr als du, und sie hatte nicht deine Intelligenz. Das hat sie zu dem gemacht, was sie am Ende war. Mag sein, dass es ein dummer Unfall war, aber sie anschließend in einem Dreckloch zu verscharren, das war die wirkliche Schweinerei von dir."

Jetzt winkte Holm ab: „Lassen wir das. Ich will nicht mit dir streiten."

„Und was willst du jetzt tun?", fragte Lübbing.

Er zuckte mit den Schultern: „Keine Ahnung, aber nicht in den Knast gehen."

Fünf Minuten weiteres Schweigen, dann fragte Holm: „Hast du ein Handy dabei?"

„Ja."

„Dann wähl die Nummer deiner netten Freundin, dieser Helen.

143

Sie wird doch wohl noch da draußen sein. Wenn sie rangeht, gibst du mir den Apparat."

Lübbing suchte Helens Nummer aus dem Speicher, drückte die Kurzwahl und übergab ihm das Handy.

Helen zuckte draußen förmlich zusammen, als die Handytöne in ihrer Hosentasche erklangen. Die Gruppe stand in unveränderter Besetzung hinter dem Kleinbus.

Klekamp fuhr herum: „Wer ist das denn?"

„Das ist die Freundin der Geisel", erklärte Warnecke.

Helen schaute auf das Display des Handys und sagte überrascht: „Das ist Lübbings Nummer." Dann nahm sie das Gespräch an, hörte mit erstauntem Gesichtsausdruck kurz zu und wandte sich an Warnecke: „Es ist Holm. Er will Sie sprechen." Sie hielt ihm das Handy hin.

Klekamp ging dazwischen, streckte die Hand aus und sagte: „Das ist wohl mehr etwas für mich."

Helen zog blitzschnell die Hand zurück und fauchte: „Er hat gesagt, er will Warnecke sprechen, und den kriegt er jetzt auch. Basta!"

Er nahm ihr das Handy ab, hielt es sich ans Ohr und hörte nur zu. Bevor er etwas sagen konnte, wurde die Verbindung anscheinend unterbrochen. Fassungslos schaute er auf die Anwesenden.

„Forderungen, hat er Forderungen gestellt?", drängte Klekamp.

Warnecke holte tief Luft: „Er will Wacholder, zwei Flaschen Wacholder." Er schaute Helen an. „Und Sie sollen die reinbringen."

Schleswig wurde beauftragt, in der Kneipe im alten Dorfkern schnellstens den verlangten Schnaps zu besorgen.

Eine Viertelstunde später klopfte Helen an die Tür des Reviers. Lübbing öffnete, Holm stand mit der Pistole schräg hinter ihm. Sie trat ein und stellte den Wacholder auf einen Tisch, während Lübbing die Tür hinter ihr schloss. „Feine Freunde hast du", sagte sie zu ihm, dann wandte sie sich an Rainer Holm: „Warum er? Er ist doch dein Freund. Warum nimmst du nicht einen von den Polizisten?"

Holm hatte mittlerweile geschickt mit einer Hand die erste Flasche Wacholder geöffnet. Er nahm einen tiefen Schluck und stöhnte erleichtert auf , dann beantwortete er Helens Frage:

„Warum er? Erstens hat er mir die Sache eingebrockt, zweitens kenne ich ihn, er ist sehr lange loyal zu alten Freunden, was die Sache leichter macht, drittens lasse ich mir keinen Bullen als Geisel aufhalsen, der jede Sekunde darauf wartet, mich fertig zu machen. Und tschüss, werte Dame."

Während Lübbing sie zur Tür brachte, dachte er: „Rainer, das mit der Loyalität kannst du jetzt vergessen."

Bevor sie rausging, strich Helen ihm verstohlen über die Hand. Eine Geste, die ihm unendlich wohltat.

Er ging zurück in den Raum. Holm hatte die zweite Flasche Wacholder ebenfalls geöffnet und hielt sie Lübbing hin. Fast fröhlich sagte er: „So, jetzt trinken wir einen! Wie in alten Zeiten, oder fast wie in alten Zeiten."

*

Zwei lange Stunden passierte gar nichts. Inzwischen hatte sich Schlattmann zu der Gruppe gesellt. Er hatte einige Schwierigkeiten gehabt, durch die Absperrung zu kommen, da er zu seinem Arztbesuch zivil angezogen war. Erst als Wenzel zufällig in der Nähe war und ihn erkannte, ließ man ihn passieren. Ingo war entsetzt als er hörte, dass Lübbing die Geisel war.

Dann klingelte wieder Helens Handy. Sie sah die Nummer auf dem Display und hielt es wortlos Warnecke hin. Klekamp ging dieses Mal energisch dazwischen. Mit den Worten: „Jetzt ist Schluss mit lustig", schnappte er sich das Handy und bellte hinein, „Klekamp hier, Leiter des Sondereinsatzkommandos."

Die Umstehenden sahen, wie Klekamp bis zum Haaransatz rot anlief, während er in den kleinen Apparat horchte. Dann war das Gespräch beendet.

„Was ist los?", wollte Warnecke wissen.

Klekamp antwortete fassungslos: „Holm. Noch eine Bestellung. Er will zwei Pizzen. Eine Tonno Cipolla mit doppelt Zwiebeln und eine Calzone. Der ist stockbesoffen."

„Könnte man mit den Pizzen nicht eine Waffe für Lübbing reinschmuggeln?", fragte Warnecke.

„Das ist nicht möglich", protestierte Kaiser, „du weißt doch überhaupt nicht, welche Pizza für wen von den beiden bestimmt ist."

Helen mischte sich ein: „Lübbing könnte mit so einem Ding auch gar nicht umgehen."

Warnecke gab nicht auf: „Und wenn derjenige, der die Pizzen reinbringt, versucht, Holm außer Gefecht zu setzen. Könnten wir nicht in eine Schachtel eine Waffe stecken?"

„Garantiert soll ich die doch wieder reinbringen", gab Helen zu bedenken. „Ich hätte zwar keinerlei Hemmungen auf Holm zu schießen, habe aber noch nie eine Waffe in der Hand gehabt."

„Es ist sowieso keine Frage, dass Sie solch eine gefährliche Rolle spielen", beendete Klekamp klipp und klar alle weiteren Überlegungen, Helen einzubeziehen.

Jetzt mischte sich Schleswig ein: „Es könnte aber anders gehen. Wir müssen nur Helen hier wegkriegen. Denkt mal an Lübbings Aktion *Potemkin* zurück. Wir inszenieren wieder eine Schau. Helen ist einfach von der ganzen Aufregung schlecht geworden. Sie hat einen Kreislaufkollaps. Kurz bevor die Pizzen geliefert werden, lassen wir den Krankenwagen vorfahren und sie mit ihm abtransportieren, und zwar so, dass es vom Revier aus deutlich zu sehen ist. Wenn das funktioniert, könnte jemand anders den Part des Überbringers übernehmen."

„Nur wer?", fragte Warnecke zweifelnd.

„Also von meinen Leuten macht das keiner. Die sind für andere Sachen ausgebildet", sagte Klekamp sofort.

„Ich glaube auch nicht, dass sich Holm mit einem von Ihren Muskelpaketen näher beschäftigen will", kommentierte Kaiser leicht spöttisch. „Außerdem müssen wir sowieso abwarten, wen er verlangt."

„Also gut, wir machen es", übernahm Warnecke wieder das Kommando. Klekamp sagte nichts mehr.

„Denkt daran, die Waffe in die Schachtel mit der Calzone zu stecken", erklang Helens Stimme.

„Wie bitte?", fragten mehrere Stimmen gleichzeitig.

„Calzone ist eine überbackene, zusammengeklappte Pizza. Da

sind die Schachteln fast wie kleine Schuhkartons, nicht so flach wie die anderen Verpackungen. Passt die Pistole doch besser hinein, oder?"

„Und Sie verstehen nichts von Waffen?", sagte Warnecke leicht lächelnd. Aber dieses Lächeln wirkte ziemlich gequält.

*

Die Pizzalieferung wurde Holm für die nächste halbe Stunde angekündigt. Er raunzte zufrieden-betrunken ins Telefon. Nach zwanzig Minuten erschien pünktlich der Krankenwagen. Nur wenige Augenblicke später klingelte Helens Handy, Warnecke nahm den Anruf entgegen. Holm wollte wissen, was los war und erfuhr so von Helens Kreislaufkollaps. Mit einem Kopfnicken schickte er Lübbing zur Tür, der durch das Milchglas undeutlich erkannte, wie jemand abtransportiert wurde. Holm erklärte ihm, dass es seine Freundin sei: „Aber nichts Schlimmes, nur die Aufregung. Die scheint dich wirklich zu mögen."

In das Handy sprach er: „Dann soll der Pizzabäcker das Zeug hier reinbringen. Und er soll sich bloß nicht weigern, wir haben Hunger." Dann legte er auf.

Draußen sagte Warnecke: „Scheiße, er will den Pizzaboten als Überbringer. Das können wir doch nicht zulassen." Einen Augenblick lang waren sie ratlos.

Plötzlich sagte Schlattmann: „Ich mache es."

Alle sahen ihn an.

„Na klar", erklärte er. „Mich kennt Holm doch nicht. Bei seinen ersten Vernehmungen war ich krank geschrieben und heute zum Arztbesuch. Er hat mich wahrscheinlich noch nie gesehen. Außerdem bin ich sowieso schon in Zivil. Ich muss nur noch das Jackett ausziehen und die Ärmel aufkrempeln, dann sehe ich doch wie ein ganz passabler Pizzalieferant aus."

Kaiser war nicht überzeugt: „Ingo, willst du das wirklich machen?"

„Wer sollte es sonst tun?", antwortete Schlattmann in seiner schlichten Art.

Der Pizzawagen wurde an der Absperrung angehalten, so dass vom Revier aus die Vorbereitungen nicht eingesehen werden konnten. Ein Mann des SEK präparierte die Calzone mit einer Pistole. Augenblicke später fuhr der Kleinlieferwagen auf den Vorplatz.

Helens Handy in Warneckes Hand klingelte wieder, während Schlattmann die Pizzen aus dem Wagen holte. Das Handy am Ohr, verzog Warnecke das Gesicht. Er stoppte den Pizza-Boy mit einem Zuruf: „Signore, wollen Sie sich bitte bis auf die Unterhose ausziehen, bevor Sie das Haus betreten."

Mit unbewegter Miene stellte Schlattmann die beiden Pizzakartons vor sich auf den Hof und begann sich zu entkleiden. Dann nahm er sie wieder auf und trat auf die Tür zu. Sie wurde von Lübbing geöffnet, der beinahe die Fassung verloren hätte, als er Schlattmann erkannte. Aber Holm war schon zu betrunken, um seine Überraschung zu bemerken. Lübbing blieb unsicher einige Schritte hinter der Tür stehen, während Schlattmann ungerührt an ihm vorbei zum Schreibtisch ging, um die beiden Kartons abzustellen. Er öffnete die erste Pizza und sagte schwungvoll: „Prego, einmal Tonno Cipolla, Signori." Dann öffnete er die andere, präparierte Packung und griff zu der Pistole.

Ingo Schlattmann hatte einfach nur Pech, verdammtes Pech.

Die Waffe war offensichtlich beim Transport in die Calzone hineingerutscht, der zerlaufene Käse machte sie schmierig und schwer zu halten. Er hatte sie halb erhoben, als sie ihm aus den Händen rutschte und neben der Schachtel auf den Tisch knallte.

Rainer Holm, stark angetrunken wie er war, reagierte nur intuitiv. Er schoss mit der Waffe in seiner Hand einfach blindlings in Richtung Schlattmann. Die Kugel traf trotzdem genau ihr Ziel.

Lübbing, obwohl ebenfalls nicht mehr ganz nüchtern, weil Holm ihn zwei Stunden lang zum Mittrinken gezwungen hatte, konnte sich trotzdem später an diese Szene genau erinnern, als wenn alles in Zeitlupe passiert wäre. Er sah Schlattmanns Kopf ruckartig in den Nacken schleudern. Er sah das Loch in seiner Stirn. Schlattmann brach blitzartig zusammen. Er war bereits tot, noch ehe er auf den Boden aufschlug.

In Lübbing zerbrach etwas. Der ganze Frust der letzten Wochen, das Elend der jungen Mädchen und jetzt der Mord an Schlattmann, entlud sich nun in einem unbändigen Hass auf Rainer Holm, seinen einstigen Freund. Ohne zu überlegen sprang er ihn an. Sie fielen schräg über den Schreibtisch an die Heizung. Lübbing hörte etwas knallen, spürte einen Schlag gegen den Oberschenkel. Dann hatte er Holm mit beiden Händen am Hals gepackt, schlug seinen Kopf immer wieder gegen die Heizungsrippen. Jemand schrie ständig. Später sollte er erfahren, dass er es war.

Er ließ erst nach, als ihn energische Hände an der Schulter fassten und umdrehten, und er in ein fremdes Gesicht blickte. Sofort begann er wieder zu schreien. Erst als er dahinter auch Helen bemerkte, wurde er ruhiger. Sie schaute besorgt auf seinen linken Oberschenkel. Er folgte ihrem Blick. Oberhalb des Knies war seine Jeans dunkel eingefärbt, jetzt spürte er auch eine warme Feuchtigkeit. „Ist das Blut?", stammelte er.

Der Mann neben Helen sagte: „Ja, aber das kriegen wir schon wieder hin."

„Scheiße", keuchte Lübbing. Dann wurde er ohnmächtig.

*

Die Wochen im Krankenhaus waren eine Tortur. Zwar zeigten sich die Ärzte optimistisch und gingen von nur etwa drei Wochen Grundheilungsprozess aus. Aber Lübbing gab sich dem Leiden hin, er war nun mal nicht zum Helden geboren. Die Kugel aus Holms Waffe hatte im Oberschenkel mehrere Muskelstränge durchtrennt und war dann im Knochen stecken geblieben, wo sie operativ entfernt worden war. In der ersten Woche wechselten sich die Phasen des Schmerzes mit den Stunden ab, in denen er unter der Wirkung der Schmerzmittel stand, beides ließ eine halbwegs vernünftige Wahrnehmung nicht zu. Die Besuche nahm er nur am Rande wahr. Selbst auf Helen konnte er sich nicht konzentrieren.

In der zweiten Woche nervte ihn seine Immobilität. Der Oberschenkel war mit gipsartigen Verbänden ruhiggestellt, um den

Heilungsprozess zu fördern. Er war jetzt schlechter Laune, weil er immer noch ans Bett gefesselt war. Diesen Missmut bekamen auch seine Besucher zu spüren. Helen, inzwischen reichlich zermürbt, brachte es eines Tages auf den Punkt: „Du bist nicht zu ertragen."

Hinzu kamen noch die Gewissensbisse wegen Rainer Holm. Er hatte ihn fast totgeschlagen. Was Schleswig ihm während eines Besuches ahnungslos erzählt hatte: „Den Holm hättest du beinahe fertiggemacht, immer wieder mit dem Kopf gegen die Heizungsrippen. Die Männer vom SEK mussten dich richtig von ihm wegzerren. Mit einem doppelten Schädelbruch ist der noch gut bedient."

Schleswig konnte nicht wissen, was diese Worte für Lübbing bedeuteten. Er war über seine Brutalität erschüttert. Er hatte sich fast dazu hinreißen lassen, einen Menschen kaltblütig zu erschlagen, noch dazu einen ehemaligen Freund.

Zwei Tage später redete er mit Helen darüber. Sie hörte ihm konzentriert zu, ohne ihn zu unterbrechen. Dann streichelte sie seine Wange und sagte: „Lübbing, Rainer Holm hätte als nächstes dich getötet, verzweifelt und besoffen wie er war. Er war nicht mehr der Freund von früher. Menschen ändern sich, leider auch immer wieder zum Schlechten. Vielleicht war es einfach dein Selbsterhaltungstrieb, der steckt doch tief in uns allen. Holm hat vor deinen Augen einen Freund erschossen."

„Wie kommst du darauf, dass Schlattmann mein Freund war?", fragte Lübbing, „ich kannte ihn erst ein paar Tage."

„Ich sehe doch wie sehr dich sein Tod erschüttert hat."

„Vielleicht hast du Recht", sagte Lübbing nachdenklich.

„Natürlich habe ich Recht. So, jetzt muss ich aber los." Helen stand auf, an der Tür drehte sie sich noch einmal um. „Lübbing, du bist vom Naturell her ein durch und durch friedlicher Mensch."

„Wie kommst du denn jetzt darauf?"

Helen lächelte: „Weil du in der Lage bist, mich zu ertragen."

In der dritten Woche durfte er das erste Mal seine steifen Knochen bei kleinen Gängen bewegen. Er hatte sich von Helen seinen

Laptop bringen lassen und lieferte seine Geschichte pünktlich bei dem Wochenmagazin ab. bevor er in die Reha-Maßnahme fuhr.

21

Lübbing war enttäuscht, dass Helen nicht zu erreichen war, obwohl sie wusste, er würde ab heute Abend wieder in Osnabrück sein. Er hatte nach seinem Krankenhausaufenthalt noch vier Wochen in einer Kurklinik in Bad Essen verbringen müssen. Seine anfänglichen Bedenken, dort vor Langeweile zu sterben, blieben unbegründet. Überraschenderweise machten ihm die Übungen zum Wiederaufbau der Muskeln im lädierten Oberschenkel nach einigen Tagen sogar Spaß. Und später genoss er die langen Wanderungen in die schöne Umgebung des Kurortes. Das taube Gefühl an den Wundrändern der Verletzung war bald verschwunden.

In der örtlichen Buchhandlung, klein aber fein, hatte er zwei wunderschöne Bücher von irischen Autoren gefunden. Nuala O'Faolains leidenschaftlichen Roman „Ein alter Traum von Liebe" und Timothy O'Gradys „Ich lese den Himmel", die Geschichte eines irischen Wanderarbeiters, begleitet von den intensiven Schwarz-Weiß-Fotos Steve Pykes. Beide Bücher ließen seine tiefe Sehnsucht nach der Smaragdinsel wieder aufflammen.

Aber jetzt, gesund und unternehmungslustig wie seit Jahren nicht, war er wieder in seiner Heimatstadt, in seinem alten Revier, und sehnte sich nach Helen. Er wollte gerade mit dem Auspacken seiner Reisetasche beginnen, als das Telefon klingelte.

„Endlich", dachte er, „Helen." Aber es war Conny, die Wirtin vom *Pink Piano*. Sie sagte kurz angebunden: „Lübbing, ich glaube es ist besser, du kommst sofort vorbei", und nach einer kurzen Pause, „wegen Helen."

Er bestellte sich schnellstens ein Taxi. Wenn Helen getrunken hatte, schäumte ihr temperamentvolles Naturell manchmal über, und sie verzapfte den größten Blödsinn. „Kaum wieder daheim und schon geht die Hektik los", schimpfte er vor sich hin.

Die Wirtin im *Piano* empfing ihn am Eingang und zeigte wortlos mit dem Daumen in den rechten, hinteren Teil des Lokals. Lübbing ging, Böses ahnend, um die Ecke und blieb wie angewurzelt stehen. Alle saßen sie an den Tischen. Helen, Jan Kaiser mit Frau und seine anderen Kollegen von der Dienststelle, Warnecke, Schröder und sogar Alexander Weber mit Valeria Bauer.

„Na, auch mal wieder im Lande?", fragte Helen betont lapidar.

Kaiser tönte: „Du guckst wie ein Pfingstochse!"

Dann redeten alle durcheinander, schüttelten ihm die Hand und klopften ihm auf die Schultern. Lübbing standen plötzlich Tränen in den Augen.

„Mensch, du willst doch nicht etwa heulen", fuhr Helen ihn in gespielter Empörung an.

„Ich musste gerade an Schlattmann denken", erwiderte er.

Die eben noch fröhliche Runde verstummte.

Warnecke ergriff mit überraschend sanfter Stimme das Wort: „Wir alle hier denken oft an Ingo. Er wird uns ein Leben lang begleiten. Aber das heute Abend ist dein Fest", und nach einer Kunstpause, „ganz allein dein Fest, Waldemar."

Lübbings empörter Blick suchte Helen: „Alte Tratschtante!"

„Der Polizei muss man Fragen ehrlich beantworten, habe ich jedenfalls so gelernt", erwiderte sie treuherzig.

Allgemeines Gelächter beendete die bedrückte Stimmung.

„Schleswig geht es auch schon wieder besser", bemerkte Warnecke.

Lübbing blickte erstaunt zu dem Polizisten aus Belm hin: „Wieso, was war denn?"

Schmunzelnd erklärte Warnecke: „Nun ja, er hatte zeitweise richtige depressive Schübe. Eine Reaktion auf die üblen Nachreden. Die Leute in Belm konnten einfach nicht verstehen, dass ein Streifenbeamter mitten in einer gefährlichen Polizeiaktion in die Dorfkneipe geht, zwei Flaschen Wacholder verlangt und dann einfach ohne zu bezahlen das Lokal wieder verlässt. Kannst dir ja vorstellen, wie sie über ihn hergezogen sind. Er hat es in den letzten Wochen wirklich nicht leicht gehabt, der Arme."

Lübbing prustete los, ebenso wie alle anderen. Schleswig beschwerte sich: „Ja, ja, wer den Schaden hat, braucht für den Spott nicht zu sorgen." Aber er nahm es niemandem wirklich übel.

Dann überreichte Kaiser Lübbing ein Kuvert. „Mach auf!"

Lübbing nahm den Inhalt heraus. Eine Tribünenkarte ersten Ranges für das Pokalspiel des VfL Osnabrück gegen Bayern München am morgigen Samstag. Er strahlte. „Bombastisch, vielen Dank."

Der Abend wurde, wie man in Osnabrück so sagt, eine rauschende Ballnacht. Mit voranschreitender Zeit stieg das Stimmungsbarometer stetig. Warnecke legte zu *Shake, Rattle and Roll* mit der Wirtin einen flotten Rock aufs Parkett. Alexander sang mit Valeria eine schwermütige Weise aus Kasachstan. Das brachte Ursula Kaiser, die gerade ihren siebten oder achten trockenen Martini süffelte, zum Weinen. Höhepunkt war aber eindeutig der Auftritt von Helen und Lübbing. Auf einem Tisch stehend, boten sie einen Country-Song dar. Helen strahlte Lübbing die ganze Zeit an. Aus dem vorderen Teil des Lokals waren die meisten Gäste herübergekommen. Bald sangen alle den Refrain mit. Durch die geöffneten Fenster hörten einige Nachtschwärmer staunend:

'Cause I've got friends in low places.
Where the whiskey drowns and the beer chases
My blues away, and I'll be okay...

Einen kleineren Zwischenfall gab es, als Jan Kaiser, nur noch mit seiner Unterhose bekleidet, aus der Toilette kam. Er ging schnurstracks zum Ausgang und zu der unmittelbar vor dem Lokal gelegenen Bushaltestelle, stieg in einen gerade ankommenden Nachtbus und verlangte lautstark zur nächsten Badeanstalt gebracht zu werden.

Warnecke reagierte schnell und souverän. Er spurtete hinterher, sprang ebenfalls in den Bus, präsentierte dem verdatterten Fahrer seinen Polizeiausweis und erklärte Kaiser kurzerhand zu einem verwirrten Patienten aus dem Landeskrankenhaus. Dann führte er ihn zurück in das Lokal und setzte ihn im hinteren Teil auf eine Bank. Kaiser protestierte schwach: „Ich will aber baden." Dann schlief er seelenruhig ein. Die Wirtin brachte eine Decke für ihn.

Um drei Uhr löste sich die Gesellschaft allmählich auf. Lübbing und Helen gingen nach Hause. Wie meistens in solchen Nächten schlief sie bei ihm. Helen stimmte auf dem Weg, passend zu den vielen getrunkenen Gläsern, die altbewährten *Eagles* an.

It's another tequila sunrise
Starin' slowly cross the sky, said goodbye
It's another tequila sunrise, this old world
Still look the same, another frame.

Lübbing war selig, ließ sich auch durch einen wütenden Protest aus einem höhergelegenen Fenster eines Hauses an der Herderstraße nicht die Laune verderben.

*

Die Stimmung im Osnabrücker Stadion ist auf dem Siedepunkt. Es ist die 89. Minute. Der Drittligist Osnabrück hat bisher gegen den haushohen Favoriten Bayern München ein 0:0 gehalten. Noch eine Minute zu spielen. Es wird eine Verlängerung geben, vielleicht sogar ein Elfmeterschießen.

Abschlag des VfL-Torhüters, der Ball kommt zu Publikumsliebling Joe Enochs, der passt sofort weiter auf den linken Flügel zu Wolfgang Schütte, ebenfalls ein Urgestein des Vereins. Zentimetergenau kommt die Flanke zu Lübbing, der sich im Strafraum vom Gegenspieler gelöst hat und zu einem Kopfball ansetzt. Der Ball ist scharf geschossen, und seine Stirn schmerzt, als er ihn präzise und wuchtig Richtung Tor lenkt. Zu präzise, der Ball prallt von der Latte zurück ins Feld. Genau vor Lübbings rechten Fuß. Mit einem satten Schuss unter Nationaltorhüter Oliver Kahn hindurch erzielt er das 1:0.

Die Zuschauer rasten komplett aus. „Lübbing, Lübbing", schallt es aus 20.000 Kehlen. Seine Mannschaftskameraden drücken und zerren ihn.

Nur langsam tauchte er aus tiefen Traumschichten nach oben.

Helen schüttelte ihn wütend: „Lübbing, du verdammter Vollidiot, du hast mir fast das Schienbein durchgetreten!"

Er schaute sie selig lächelnd an: „1:0, wir sind eine Runde weiter." Dann sackte er zurück in die Kissen.

Bayern München gewann am nächsten Tag in Osnabrück mit 6:1.

*

Am Montag rief Lübbing Jan Kaiser auf der Dienststelle an. „Das war eine tolle Nacht am Freitag."

„Ich kann mich nur an die erste Hälfte erinnern. Ist irgendwas vorgefallen? Meine Frau war am anderen Tag stocksauer."

„Nichts von Bedeutung", beruhigte ihn Lübbing und kam zur Sache. „Sag mal Jan, Schlattmann ist doch am Wohnort seiner Schwester in Baden-Württemberg bestattet worden. Was ist denn mit seinen ganzen Sachen geschehen?"

„Das meiste ist weg. Seine Schwester war mit mir kurz in der Wohnung, als sie wegen der Überführungsformalitäten hier war. Sie hat ein paar Erinnerungsstücke mitgenommen und gesagt, den Rest sollen wir verschenken oder für einen guten Zweck versteigern. Küche, Geschirr, Elektrogeräte und sonstiges Mobiliar haben wir einer gemeinnützigen Einrichtung überlassen, seine Garderobe hat die hiesige Kleiderkammer bekommen, die waren richtig glücklich. Der ganze übrige Kleinkram lagert noch bei mir im Werkkeller."

„Sind die Buddelschiffe noch da?"

„Komplett, ich hatte noch keine Idee, was ich mit denen mache. Sind schöne Modelle dabei."

„Kann ich zwei von den Schiffen haben?"

„Kein Problem. Welche?"

„Die *General Slocum*, das ist der Raddampfer, und die *Cutty Sark*, das ist das Modell, das noch nicht fertig ist."

Kaiser fragte überrascht: „Was willst du denn damit? Weiterbasteln?"

„Ja, ich werde es zu Ende bauen."

ENDE

Vom selben Autor im Prolibris Verlag

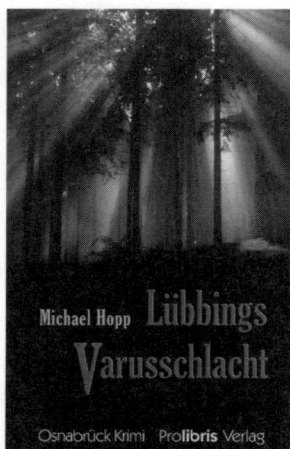

Michael Hopp, Lübbings Varusschlacht
212 Seiten, Paperback, Originalausgabe 2005
Dritte Auflage 2006, ISBN 3-935263-34-1 / 12,00 EUR

Lübbings zweiter Fall

Grausige Entdeckung im Museumspark Kalkriese! Dr. Habermann und seine Frau werden ermordet aufgefunden. Sie wurden mit alten römischen Waffen regelrecht hingerichtet. Niemand kann begreifen, warum.

Die Osnabrücker Kripo bittet den Journalisten Lübbing um Hilfe, denn er ist nicht nur ein ehemaliger Schüler und Freund des Opfers, sondern auch, wie sein Lehrer, ein passionierter Kenner der römisch-germanischen Geschichte. Als es ein weiteres Opfer gibt, das mit alten germanischen Waffen umgebracht wurde, drängt sich eine Frage immer mehr auf: Spielen da vielleicht ein paar Verrückte die Varusschlacht nach?

Vom selben Autor im Prolibris Verlag

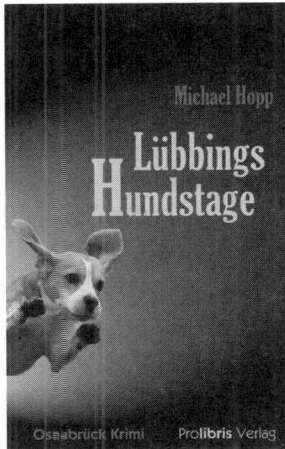

Michael Hopp, Lübbings Hundstage
174 Seiten, Paperback, Originalausgabe 2006
ISBN-13: 978-3-935263-41-2 / 11,00 EUR

Lübbings dritter Fall

Die Osnabrücker Kriminalpolizei braucht dringend Unterstützung bei der Aufklärung einer rätselhaften Mordserie. Wieder gerät der liebenswert-schrullige Journalist Lübbing in einen Kriminalfall, mit dem er gar nichts zu tun haben wollte.

Ein Serienmörder inszeniert bestialische Morde und spielt mit der Polizei ein perfides Spiel. Er fotografiert die Toten und kündigt auf der Rückseite der Fotos in verschlüsselter Form seine nächste Bluttat an.

Der etwas sperrige Hund mit den riesigen Schlappohren, den Lübbing in Pflege hat, ist bei der Lösung des Falls zunächst wirklich keine Hilfe ...

Reif für die Insel?

Inselkrimis im Prolibris Verlag

Antje Friedrichs
Letzte Lesung Langeoog
Inselkrimi
6. Auflage 2005
Paperback, 184 Seiten, ISBN: 3-935263-00-7

Antje Friedrichs
Letztes Bad auf Norderney
Inselkrimi
2. Auflage 2005
Paperback, 204 Seiten, ISBN 3-935263-17-1

Birgit Lautenbach · Johann Ebend
Hühnergötter
Hiddensee Krimi
2. Auflage 2006
Taschenbuch, 144 Seiten, ISBN 3-935263-29-5

Birgit C. Wolgarten
Und es wurde Nacht
Rügen Krimi
3. Auflage 2006
Paperback, 251 Seiten, ISBN 3-935263-24-4

Birgit C. Wolgarten
Der Tod der Königskinder
Rügen Krimi
Originalausgabe 2005
Paperback, 190 Seiten, ISBN 3-935263-32-5